马克斯
苏萨克
小说作品

When dogs cry

我和薇儿

〔澳〕马克斯·苏萨克 著

朱润萍 郭志艳 译

北京联合出版公司
Beijing United Publishing Co.,Ltd.

图书在版编目（CIP）数据

我和薇儿 /（澳）苏萨克著；朱润萍，郭志艳译 . —北京：北京联合出版公司，2014.4
（马克斯·苏萨克小说作品）

ISBN 978-7-5502-2860-3

Ⅰ .①我… Ⅱ .①苏… ②朱… ③郭… Ⅲ .①长篇小说—澳大利亚—现代 Ⅳ .① I611.45

中国版本图书馆 CIP 数据核字（2014）第 072043 号

版权贸易合同登记号
图字：01-2014-2561

WHEN DOGS CRY by MARKUS ZUSAK
Copyright: ©2001 by MARKUS ZUSAK
This edition arranged with CURTIS BROWN–U.K.
Through Big Apple Agency, Inc., Labuan Malaysia.
Simplified Chinese edition copyright: 2014 SHANGHAI INTERZONE BOOKS CO., LTD.
All rights reserved.

我和薇儿

策　　划：英特颂·阎小青

责任编辑：王　巍

特约编辑：刘　婧

美术编辑：林若贤

北京联合出版公司出版

（北京市西城区德外大街 83 号楼 9 层　100088）

江阴金马印刷有限公司印刷

全国新华书店经销

字数 145 千字　880 毫米 ×1270 毫米　1/32　6.875 印张

2014 年 10 月第 1 版　2014 年 10 月第 1 次印刷

ISBN 978-7-5502-2860-3

定价：25.00 元

献给司各特

以及我的爸爸妈妈

目录

孤独寂寞的我

有时候，我自以为已长大成人，但事实并非如此。成长有它自己的方式，你无能为力。

把啤酒冻成冰块，这种吃法也只有鲁本的女朋友才能想出来，我是决然想不出这种主意的。

那我们就从啤酒冰块开始讲起吧。

没想到，这件事导致的后果却是由我这个倒霉蛋儿来承担的。

有时候，我自以为已长大成人，但事实并非如此。成长有它自己的方式，你无能为力。

说实话，我怀疑到底有没有那么一秒钟，卡梅隆·沃尔夫（即鄙人）能振奋起来。我曾有幸在短暂的瞬间见过另一个完全不同版本的自己。那一瞬间的我不再是个失败者。

然而，事实却很是不尽如人意。

真相把我内心的那点儿渴望撕成血淋淋的碎片，以残忍的方式让我知道：我就是我，我天生不是幸运女神的宠儿。我的脑海里总有一个声音铿锵回响：要想成功，必须奋斗。可从某种意义来说，我得寻求片刻的安宁。

所以，我偶尔自摸。

好吧。

好吧。

我承认，我经常自摸。

有人曾对我说，考虑到人们可能会觉得自己被冒犯了，自摸这种事不该过早地坦白。那好，我倒要问问：到底为什么不承认？为什么不说实话？否则这他妈的就根本没有任何意义！不是吗？

有意义吗？

正因如此，我渴望有朝一日真的能有个女孩触摸我。我希望她眼中的我不是那个邋里邋遢、糊里糊涂，只会皱眉傻笑和想尽办法要取悦于她的窝囊废。

她的手指。

在我的脑海里，她的手指柔若无骨，从我的下巴一路滑到胸前。她的指甲轻轻触及，让我腿上的皮肤一阵阵战栗酥麻。我总想象着这样的场景，但我不觉得这只是纯粹的性生理需求。我能这么说，是因为在我的白日梦里，那女孩的手总是最终停在我的胸口，抚摸我的内心——每次都是。我告诉自己：心灵深处才是我最渴望她触摸的地方。

当然，要有灵肉交融。

赤身裸体。

无处不在的男欢女爱，在我的脑海中挥之不去。

然而当一切结束时，我最想要的是女性温柔的呢喃在我耳边响起，一个真正的女人蜷缩在我的臂弯。当然，对我而言，这一切只是虚幻罢了，贪婪的幻象在我的脑海里雀跃欢腾，仿佛自己就要快乐地溺死在这女孩身体里了。

天啊，我可真想要啊。

我想带着对这个女人的炽热的爱意和垂涎进入她的身体，让她剧烈的心跳把我碾碎。那正是我想要的，我渴望成为那样的自己。

目前。

我做不到。

我所拥有的，仅是那么冷不丁的小小的胜利以及零星的希望和幻象。

好了，回到啤酒冰块上来吧。

我就知道我跑题了。

尽管寒风凛冽，那依然算是一个温暖的冬日。太阳懒懒地挂在天上，阳光中有些隐隐的悸动。

我们坐在后院听周日下午的足球广播。坦白地说，我一直在从头到脚打量我哥哥的新女朋友，打量她的大腿、臀部，她的脸蛋、丰胸。

我的这个哥哥叫鲁本（鲁本·沃尔夫）。就在我说的这个冬天，他几乎每隔几个星期就换一个女朋友。有时他带她们到卧室里去，我还偶尔能听见她们的喊叫、呻吟或呢喃声。我记得我从一开始就喜欢鲁本的这个新女友。她的名字可真好听——薇儿。她是个街头音乐家。跟鲁本之前带回家的洗碗工相比，她人也更好。

我们第一次见她是在深秋的某个周六的下午。她当时正在港口演奏口琴，来往的路人向摊在她面前的夹克里扔钱，里面已经有不少了。我们盯着她看个不停，是因为她的口琴吹得真他妈的棒！有时会有路人驻足聆听并在她结束一曲时报以掌声。

就连我和鲁本也会扔钱给她：有的时候是在一个拄着拐杖的老家伙扔给她钱之后；有的时候是在一队日本游客扔给她钱之前。

鲁本看着她。

她回望着鲁本。

钓马子这就足够了，因为他是鲁本。我哥哥从来不用具体说什么，做什么。他只要杵在那儿，或是挠挠哪儿，又或者绊倒在排水沟里，就足以让姑娘们喜欢他了！就是这样。薇儿也中招儿了。

"你住哪儿？"鲁本问她。

我记得她抬起大海般墨绿的双眸，说："我在南边的哈斯威尔。"我敢说他已经俘虏她的芳心了。"你呢？"

鲁本转过身来指着："你知道中央车站那边破旧的街道吗？"

她点了点头。

"对了，我们就住在那边。"只有鲁本才能让那些破街烂巷听起来像世上最美好的地方一样。这一番对话结束后，鲁本和薇儿就开始恋爱了。

她最美的一点是她确确实实注意到了我的存在。她从不觉得我是卡在她和鲁本之间的障碍。她常和我打招呼："你最近好吗？卡梅隆？"

然而，事实是，鲁本从来没有爱过其中任何一个。

他从不在乎他的女友们。

他换女友的理由就是：她是下一个。既然下一位比前任要好，为什么不换呢？

不用说，涉及到对待女人的态度时，我和鲁本没多少共同点。

现在也是如此。

我一直很喜欢薇儿。

我喜欢那天我们三个打开冰箱时，看见一份三天前的剩汤、一根胡萝卜、一团绿色的未知物体和一罐维B啤酒的情形。我们蹲下来，盯着那玩意儿。

"好极了。"

鲁本讽刺地说。

"那是什么呀？"薇儿问。

"什么是什么？"

"那团绿色的东西？"

"完全不知道。"

"鳄梨？"

"没那么大。"

"那到底是什么东西？"薇儿又问了一遍。

"管它呢。"鲁本插嘴说。他的目光落在啤酒上。他眼里唯一的绿色是啤酒罐上的标签。

"啤酒可是老爸的。"我告诉他时目不斜视地盯着冰箱。我们三个一动没动。

"那又怎么样？"

"他跟老妈、莎拉去看史蒂夫的足球赛，等回来就会想喝啤酒了。"

"不错。但他也可能在回来的路上再买点呢。"

薇儿起身走开，胸部无意中擦过我的肩膀。那感觉让我战栗——实在太妙了！

鲁本上前一把抓起啤酒："这值得一试，"他说，"反正老头子这几天心情不错。"

他说得对。

去年这个时候老爸因为没有活儿干而相当沮丧。今年他倒是接了很多活儿，有时候周末还让我和鲁本给他帮忙。我爸爸是个水管工。

我们在餐桌旁坐下。

鲁本。

薇儿。

我。

冒着冷气的啤酒静静地站在桌子正中，浑身挂满小水珠。

"怎么办？"

鲁本问。

"什么怎么办？"

"当然是拿这罐啤酒怎么办！你丫蠢蛋啊？"

"你能不能淡定点儿！"

我们挖苦地笑着。

甚至连薇儿也笑了，因为她已经习惯我们兄弟之间的对话方式了——或者说至少已经习惯了鲁本对我的态度。

"三三开？"鲁本接着问，"要么轮流喝？"

这时薇儿提出了她伟大的建议："做成冰块怎么样？"

"你该不是在说什么变态的冷笑话吧？"

"当然不是。"

"啤酒冰块？"鲁本耸着肩考虑了片刻。

"那行吧。我估计反正它现在也不冰了，唉。咱们有什么塑料冰盒子吗？你知道的，那种带牙签的？"

薇儿已经在碗柜里找到她要的东西了。"天助我也。"她咧着嘴笑着（她有着可爱的嘴唇和整齐、雪白、性感的牙齿）。

"太好了。"

现在这事认真了。

鲁本打开啤酒，正准备倒进冰盒子里。

我打断了他。

"是不是应该把冰盒洗洗？"

"洗它干啥？

"我估摸那玩意儿在碗柜里放了一百年了。"

"那又怎么样？"

"估计上面脏兮兮的，要么就已经发霉了，再说……"

"你他妈到底还让不让我倒啤酒了！"

气氛瞬间有些紧张，我们都笑了。鲁本终于煞费苦心地把三等份啤酒倒进了冰盒，最后他把牙签垂直固定在每个冰格里。

"谢天谢地，终于弄好了。"他端着冰盒小心地走向冰箱。

"放进冷冻室。"我告诉他。

他停下来，笨拙地慢慢转过身，冲着我喊："你不会真的觉得我悲剧到从冷藏室拿出啤酒，倒出来，再傻帽地放回冷藏室吧！"

"谁知道呢。"

他转过去接着挪向冰箱。"薇儿，帮我开冰箱门好吗？"

她照做了。

"亲爱的，谢谢你。"

"别客气。"

接下来就是等待啤酒结冰了。

我们在厨房里静坐了一会儿，直到薇儿重新开口。她是冲鲁本说的。

"你想不想干点儿啥？"她问道。要是别的女孩这么说，那就暗示我该消失了。但她是薇儿，所以我不太确定。但我还是准备被清场了。

"你去哪儿？"鲁本问。

"不确定。"

我离开厨房走向前门廊，为以防万一还带上了我的夹克。临出门时我提了一句："要么去跑狗场遛遛，要么就在附近游荡。"

"那敢情好。"

"待会儿见，卡梅隆。"

我看了鲁本最后一眼，顺便瞟了眼薇儿。我能从那双眼里看到火辣辣的欲望。薇儿想要鲁本，鲁本只是想要女人。就这么简单，真的。

"待会儿见。"我说着走了出去。

纱门在身后重重合上了。

我的双脚像灌了铅一样沉重。

胳膊依次套进夹克。

温暖的袖子。

皱皱巴巴的衣领

双手插进口袋。

搞定。

迈步离开。

万物努力生长，直入天际；城市缩成一团，逐渐消失。我知道我要去哪儿。不用思考，我就是知道。我要去一个女孩家，我去年在赛狗场上认识了那个姑娘。

她曾恋爱过。

她曾喜欢的人，不是我。

是鲁本。

我偷听到一次她跟鲁本的谈话，还管我叫废物；那次她被鲁本的话狠狠伤到，不再找鲁本了。

之后我隔着马路在她窗外站了很久。我傻站着，凝视着她的窗口，暗暗期待着，说不清希望发生什么。但她把窗帘拉上了。我又等了一会儿，讪讪离开了。她叫斯蒂芬妮。

那晚，那个被我称为"啤酒冰之夜"的晚上，我在斯蒂芬妮家的窗外驻足凝视的时间比往常还要久一些。我站在那儿想象着带她回家，为她打开房门。我忘情地描绘着，直到残酷的真相从内到外渗透全身，将我浇醒。

我孤零零地站着。

魂不守舍。

只剩空洞的血肉之躯。

"唉，算了吧。"

这真是个漫长的路程，因为她住在格里贝，而我住在市中央的铁轨附近一个有着破旧水渠的小巷子里。不过我已经习惯了这条小巷，某种程度上我还很为我的出生地自豪。那些矮小的房舍，崎岖的小路，那是沃尔夫家族栖身的地方。

我踱回家时，时间已经一分一秒地流逝了许多。当看见老爸的箱式货车停在路边时我甚至还笑了笑。

最近大家都过得不错。

史蒂夫——我另一个哥哥。

莎拉——我姐姐。

沃尔夫太太——达观的沃尔夫太太，是我老妈，她在医院做清洁工人。

鲁本。

老爸。

我。

不知为什么，那晚我散步回家后觉得内心十分平静。我为我的家人感到快乐，因为看似每个人的生活都走上了正轨。每个人。

一列火车呼啸而过，我好像听到了整座城市鲜活的呼吸之声。

它们喧嚣着向我扑来，又瞬间消逝了。

一切仿佛总是呼啸而去，一切。

它们出现在你眼前，华丽上演，转身离开。

那天的那列火车就像一个老友，当它离开时，我觉得我内心的什么东西被带走了。我孤独地徘徊在街头，然而心中依然平静。短暂的快乐已经消失，取而代之的是心底缓缓涌出的、把我一片一片撕裂的悲伤。城市璀璨的灯光透过空气极尽魅惑地展开怀抱，但我知道我永远不会真正地向它敞开心扉。

我定了定神，走向前门廊。我听见他们在谈论啤酒冰块和丢失的啤酒。我还指望着能吃到我的那份冰呢（虽然我平时连一瓶啤酒都喝不完）——我只是因为不渴就不想再喝了，鲁本却说："我也是，兄弟，但我还是要把它们喝光。"总而言之，啤酒冰块的主意还挺有趣的，所以我决定进屋去试试看能不能把我那份弄回来。

"我本来准备一进门就喝那瓶啤酒的。"

我进门前听见老爸大声吼道。他的声音充满威胁的气息。"把我的啤酒做成冰块是哪个天才的主意啊？我最后一瓶啤酒！到底是谁？"

没有人接话。

漫长的沉默。

寂静。

接着，就在我走进屋子时，终于有答案了："是我。"

谁这么大的胆子？

鲁本？

薇儿？

都不是。

是我。

别问我为什么，我只是不想让薇儿遭受克利福德·沃尔夫——我老爸的狂轰乱炸罢了（当然是动口不动手）。奇怪的是他对她一贯和蔼，但那也不值得冒这个险。让他以为是我干的就容易多了，他已经习惯我那些荒谬的"光荣事迹"了。

"我怎么就不觉得惊讶呢？"他转过脸来冲着我，手里拿着那盒引发争论的啤酒冰块，笑了。

相信我，这可是个好兆头。

接着他大笑着说："卡梅隆，你不介意我把你那份吃掉吧？"

"当然不。"你得能明白当时的阵势——老头子其实是问："你是主动让给我呢，还是想受点苦头再屈服？"你肯定得说"不介意"，还是安全第一。

啤酒冰块上缴了，我和薇儿、鲁本悄悄交换了个小小的微笑。

鲁本把自己的冰块送到我面前，"咬一口？"但我谢绝了。

我走出房间时听到我爸说："味道相当不错嘛。"

混蛋。

"你之前去哪儿了？"薇儿离开后，鲁本走进卧室问我。我俩倒在各自的床上，隔着屋子交谈。

"就四处转转。"

"去了格里贝？"

我警惕起来："你什么意思？"

鲁本叹了口气说："意思就是，我和薇儿因为好奇跟踪过你。我们看见你站在那房子外面，盯着窗户一动不动。你就是个寂寞的杂种，不是吗？"

时间凝滞了，空间变得弯卷扭曲，我能听到远处的车辆咆哮着离我远去，万籁无声。薇儿和鲁本已经讨论过了——为什么我站在一个跟我毫无关系的女孩的窗外驻足凝视？

我费力地咽下一口唾沫，深呼吸，强作镇定。

"是啊，"我说，"估计你看见的就是我。"

我没什么可说的，没法掩饰了。我停了片刻，酝酿着真实的情感，然后心里咯噔一下，接着说："就是那个叫斯蒂芬妮的姑娘。"

"婊子。"鲁本唾了一声。

"我知道，但是……"

"我知道，"鲁本打断我说，"她讨厌你或叫你窝囊废都没关系，你只在乎自己的感觉。"

你只在乎自己的感觉，自作多情。

这是鲁本说过的最正确的话。之后的沉默让人窒息。

从屋外的后院传来几声狗叫，那是米菲，一条可怜的波美拉尼亚犬。我们讨厌它，可是每周还得遛它好几次。

"听起来米菲不太高兴。"过了一会儿鲁本说道。

"是啊。"我咧了咧嘴。

一个寂寞的混蛋。寂寞的混蛋。

鲁本的话在我的脑海里一遍遍地回荡，加强，直至重锤般一声声地砸在我的心头。

稍后，我起身坐在门廊上，看交织的车辆拖着孤独的长长的影子来来往往。我告诉自己：只要还有渴望，这样也挺好。那感觉就像有什么东西潜进了我的内心——看不到、摸不着的东西就那样融进我的血液，流遍全身。

很快、很突然，那些话一字一句地落在我心上。它们钻进我的脑子里，扎根、发芽。我一遍遍地默念那些话，那是概括我前半生的真理。

在深夜里，在温暖的床上，我还被这些话从睡梦中惊醒。

它们把自己深深地刻在天花板上。

它们烫印在我脑海深处的记忆里。

第二天起床后，我撕下一页纸记下了这句话。那个早晨灰白惨淡，没有色彩。

卡梅隆的日记

城市的街道整齐地排布，好像陈列着一个个触目惊心的真相。我沿街漫步，任它们跃入眼帘。当我在想女人、性和所有与之相关的事时，思维好像血液一样在全身流淌。我整理自己的思绪，就像这些想法会玷污我、谋杀我，又让我死而复生一样。

有时我停下来，感受这世界的运转，我能感觉到一双大手的强有力的推动。

我猜测推动世界的正是我们自己，这会玷污我们的双手，弄疼我们的手腕。

我感觉世界是个大工厂。

它是上帝的工厂，我们只是忙碌的工人。

我感受到这个事实——世界很大，大到可以忽略自我；我很渺小，渺小到看不到自己的影子——我很清醒。

日夜交替，分秒不停。每当一天结束时，我感到刺骨的孤独。

有人说没有人真的喜欢寂寞，我知道，我也害怕孤独。尽管如此，我想孤独让我坚韧不屈，恬淡寡欲，让我坚强，对世界毫无保留。

另一个事实就是：我是个野兽。

一个人类（人类也是动物）。

一个有着野性的思维，纠结浓密的头发的人类。

天呐，我多渴望女性的皮肤啊！我渴望那细腻的肌肤在我嘴唇、掌心、手指上划过，我多么想品尝她的味道啊……

然而，激情之外，这远远不够！

当那一切结束，她从我这里获得的快乐——那将她淹没的、满满溢出的快乐，我都想逐一品尝。

但是目前，快乐离我还很遥远。

它自我捍卫，不让我靠近一步。

我可以等。

2

迥然不同的兄弟

也许史蒂夫对沃尔夫家族的所有成员都持有某种怨嫌，因为毕竟在世人眼中他似乎是我们家唯一的成功者——就好像我们会让他蒙羞一样。

我哥哥史蒂夫·沃尔夫就是那种被人们称为"霸气十足"的人——事业有成、精明能干、意志坚定。

史蒂夫有种不会被任何事情阻挡的强大气场，他不但内心如此，而且就好像浑身都被这种气场包围、笼罩着。他总能让你感觉到这一点。他的声音冷峻而坚定，他身上的一切都散发着这样的信息：你不可能阻止我！他和别人谈话时，可以很友善，但别人想对他耍花招时，门儿都没有。要是有人得罪了他，我敢押上我的房子和你赌一把，他一定会加倍报复回来——我哥哥可是一个记仇的人，少惹为妙！

我呢，恰恰相反。

我跟史蒂夫一点也不像。

我喜欢到处闲逛。

我也的确在四处闲逛。

我个人觉得这是因为我没有太多的朋友——事实上，我根本就没有朋友。

我曾经渴望成为团体的一份子，我想要一群能够肝胆相照、两肋插刀的朋友，但这都没有发生过。小时候我有一个很好的玩伴叫格雷戈，他可真够朋友。我们一起做过很多事，之后我们分开了。我对此看得很淡，毕竟这种分离的事经常发生。从某种程度上来说，我也是"沃尔夫家族"的一员，这就够了。我毫不怀疑我愿意为家族的任何人流血牺牲。

任何时间。

任何地点。

我最好的搭档是鲁本。

史蒂夫正相反——他有数不清的朋友。但他不会为任何朋友流血，因为他相信这些朋友也绝不会为他挺身而出。其实，哥哥和我是一样孤独寂寞的。

他孤独。

我寂寞。

一些人只是碰巧出现在他生命里罢了（一些人当然是指哥哥那些所谓的好朋友们）。

当然，我要讲述的重点就是有时在晚上，我也会晃悠到远在一千米之外的史蒂夫的公寓串门儿。通常是我被心仪的女孩拒之门外，心痛得难以自拔的时候才会过去。

他和一个女孩合租二楼，公寓很漂亮。通常那姑娘不在家，因为公司常常派她出差或者干其他类似的事宜。大概是因为她可以容忍我一而再、再而三的频繁拜访，我总觉得她相当友善。她叫莎尔，有一双美腿——从来不会逃过我的眼睛。

"嗨，卡梅隆。"

"嗨，史蒂夫。"

这就是每次我们兄弟之间的例行开场白。

"啤酒冰盒事件"之后的傍晚，我又去了他家。我在楼下喊他，他让我上楼来。我们照例说了些老掉牙的话题。

有趣的是，随着见面次数的增加，我们的谈话多少有些增多。记得第一次我们坐下来喝黑咖啡时，彼此一言不发，把目光深深地埋入咖啡杯里，嗓音单调而麻木。我脑海里总萦绕着一个想法：也许史蒂夫对沃尔夫家族的所有成员都持有某种怨嫌，因为毕竟在世人眼中他似乎是我们家唯一的成功者——就好像我们会让他蒙羞一样。这一点我不太确定。

最近几次会面时我们还去了附近的球场上练球（因为史蒂夫决定再踢一年球）。事实上是史蒂夫练习射门，我负责捡球。我们到球场后他会打开照明灯，之后的时间里，即使格外寒冷、浓霜覆盖地面、严冬的刺鼻冷空气在我们肺里肆虐，我们总要待很久才会离开。有时逗留到很晚，他居然还会送我回家。

他从不问"大家都不错吧"这样的笼统话，从不，他的问候是很具体的。

"妈妈还是每天工作得筋疲力尽的吗？"

"嗯。"

"爸爸还是接很多活儿干？"

"嗯。"

"莎拉还是瞎混，喝醉酒，带一身的酒吧味儿、香烟味儿、鸡尾酒味儿回家？"

"不，她变啦。她现在总加班倒班，挺好的。"

"鲁本还是换了一个又一个女孩、处处留情的'楚留香'吗？他还一场接一场地参加拳击比赛吗？"

"不，他不参赛了。没有一场比赛能让他失败。"我回答哥哥的问话。

毋庸置疑，鲁本是我们这个地方最优秀的拳击手。他用实际行动无数次证明了这一点。

"不过，关于追女孩的事你说得丝毫不错。"

"我当然不会猜错。"史蒂夫点点头。

聊完这些，我俩就没话了，气氛有点异样。

接下来，史蒂夫就该问我的情况了。

他会问什么样的问题呢？我胡思乱想着。

"还是没有交到什么朋友吗，卡梅隆？"

"还是孤孤单单一个人吗，卡梅隆？"

"还是整天在大街上游荡闲逛吗？"

"还是躲在被窝里自己打手枪吗？"

不，史蒂夫没有问这些问题。

每一次和我聊天他都会细心地避免提到这些问题。今晚的聊天他也一样没问。

他的问题是："你过得怎么样？"停顿了一下，"活得挺好的？"

"是呀，"我点点头，"我一直过得不错。"

聊完这些，我俩又没话说了，彼此沉默了好长一段时间。

最后我打破了沉默问："这个周末，你们要和哪个队打比赛呀？"

我先前交代过，史蒂夫决定再踢一年足球。

今年赛季之初的时候，他的老东家恳请他再回去踢一年球。他们求贤若渴，史蒂夫也就答应了。自从史蒂夫加盟之后，他们就从未输掉任何一场比赛。这就是史蒂夫的过人之处。

那个星期一的晚上，我写的字条还揣在口袋里，我决定怀揣着它们去走天涯。我把那些话写在一张皱皱巴巴的纸片上，时不时摸摸还在不在，生怕它们丢了。坐在史蒂夫的桌前，有一瞬间，我闪现出要把这件事情告诉他的念头。我听见自己在向他解释："我是值得别人去爱的，我不是自作多情，我也不错。"但是，事实上我什么也没说。一个字也说不出口，即使我是那么渴望把一切都说出来。我猜想应该所有的人都会时不时地奢求一种境界，那就是一切都很完美，一切都顺心如意。站在镜子前，看着镜子里的自己，无欲无求，心满意足，多好呀。

手里捏着字条，我觉得自己进入了这种境界。

我点点头。

想象着自己进入了这种境界。

"你在干吗？"史蒂夫奇怪地看着我。

"没干吗。"

"好吧，我不问了。"

电话铃响了。

史蒂夫接电话："你好。"

电话另一端："你好，是我。"

"'我'是哪位呀？"

是鲁本。

史蒂夫知道是鲁本。

我也知道是鲁本。

尽管电话离我很远，我也知道是鲁本，因为他是个大嗓门，尤其在讲电话的时候，能把你耳朵震聋。

"卡梅隆在你那儿吗？"

"在。"

"你们还去练射门吗？"

"可能去吧。"史蒂夫边和鲁本说话边回头看着我。我点点头。"是的，我们一会儿就去。"

"我十分钟后赶到。"鲁本说。

"一会儿见。"

"一会儿见。"

在我的内心深处，更愿意史蒂夫和我两个人一起去练球。鲁本太优秀了，会让我相形见绌。他总会玩些新花样，弄点恶作剧什么的。如果只是史蒂夫和我两个人的时候，那种无言沉寂的默契会让我很享受。我们两个人可能一句话也不说。我要做的，只是一次次把史蒂夫射门的球狠狠地踢回去，让扬起的灰尘和泥土的气味扑面而来。我真的喜欢这种感受，这会让我觉得一个难以言传的、真实的自我在奋斗中。

可是和鲁本在一起的时候，我从不会产生这种感觉，虽然我和鲁本共同度过了无数美妙的好时光。我觉得和史蒂夫在一起的时候，你必须自己去努力。如果你不付出努力就想获得一样东西，那你就等上一万年吧。就如我和你提过的，这就是史蒂夫的魅力。

几分钟后，我们两人向操场方向走去，史蒂夫说："昨天踢完比赛我浑身就像散架了一样。我的肋骨被对方球员踢了五次。"

史蒂夫参加的比赛总会这样的。因为对手迫切地想置他于死地，设法让他狠狠地跌倒。可是史蒂夫总是能在跌倒之后爬起来。

我们在街边站着，等鲁本。

"嗨，你们好。"鲁本气喘吁吁地跑过来。尽管不像以前那么长，可他那一头浓密的、卷曲的、毛茸茸的头发真有型。他穿着针织衫、吊腿儿运动服裤子和运动鞋。他嘴里在哈气，天太冷了。

我们一起去操场。史蒂夫就和往常一样，穿了一条旧牛仔裤，套了件法兰绒衬衫，一双运动鞋。每次练球他都穿成这样。他的眼睛盯着球门，用眼角余光搜寻传球路径。他的头发又短又硬，相当帅气。史蒂夫高大敏捷，你特别想和他一起走在大街上。

尤其是在喧闹的城市的大街上。

尤其是在漆黑的夜晚的大街上。

一路上，我就一直盯着我的两个哥哥。他们都沉稳淡定。鲁本的神情好像说："无论发生什么事情，我都做好应对的准备了。"而史蒂夫的神情好像说："无论谁做什么事情都不会伤害到我。"

我们走在坑洼不平的路上，我盯着很多东西看，但都不会停留太长时间。最后，我选择盯着自己的脚看，看双脚交替着向前挪步。

我卷曲的头发桀骜不驯，向上立着，乱蓬蓬的。我穿着和鲁本一样的针织衫，唯一的差别就是我的比他的显旧点。我穿着旧牛仔裤、敞怀夹克衫和靴子。我在心里对自己说，虽然我没有两个哥哥优秀，但我还是要保持自己的风格。

我的口袋里还揣着我写的字条呢。

那就是我所拥有的东西。

我曾独自一人在这个城市的大街上徘徊过上千次，我比所有的人对这个城市的街道都富有感情，我对这儿的一切不是用眼睛去看，而是在用心去感受。我确信这就是我与众不同的地方。

到了操场，史蒂夫开始射门练习。鲁本也开始了。我负责把他们踢出去的球捡回来。

史蒂夫喜欢踢高球，射进球门的球还会继续高飞，然后干净利落地落回地面，当球着地的那一瞬间，仿佛有一股完全令我麻醉的力量冲击着我的心口。相反地，鲁本踢出的球速度快、有弧度，旋转着、贴着地面，但每次也都能洞开大门。

他们从四面八方把球射向球门。从前面，从侧面，甚至从场外。

"嗨，卡梅隆。"鲁本大声向我吆喝，"过来呀，你也踢几脚。"

"我不踢，我捡球挺好的。"

可他们非得让我踢。我的心怦怦跳着，站在二十码开外、偏左一点的地方，艰难起脚，踢中了球，看着它朝向球门方向飞过去。

我踢的球画出了一条弧线，旋转着，撞到右边的门柱，弹回到草地上。

没人说话，一片寂静。

史蒂夫开口打破沉默："卡梅隆，踢得不错。"我们兄弟三人站在那里没动，脚下是湿漉漉的仿佛在哭泣的草地。

那时是晚上八点十五分。

八点半的时候，鲁本先走了，我待在那里，又射了七次球门。

晚上九点半的时候，史蒂夫仍旧站在球门后面，我还是没能成功射门。

夜色茫茫，更深人静。就剩下史蒂夫和我，在漆黑一团的夜色中。

每次哥哥把我踢出去的球捡回来的时候，我就偷偷地观察他，生怕他会抱怨，可一次都没有。如果是在小时候，他就会骂我是个没用的东西，是个窝囊废。可是，今天晚上，哥哥一次次耐心地把球踢回给我，然后等待我再一次踢出。

终于，我脚下的球找到感觉了，直奔球门而去。

史蒂夫接住球，站在那里。

他没有微笑。

他没有点头，也没有表示嘉奖。

现在还没有。

过了一会儿，他用胳膊夹着球向我走来，在离我十码距离的地方站住，他看着我。

他看我的眼神与平日不同。

他的表情有些夸张。

然后，我在他的脸上看到从未见过的惊讶表情，那是以我为荣的骄傲之情。

饥饿和渴望

今晚，我坐在房前，写下这些文字。冷风穿透我的衣袖，握笔的手冻得发抖。这是一个又黑又冷的城市。

街道上悄无声息，夜幕低垂，天空厚重黑暗。

陪伴在我左右的是我的记忆，关于球场的记忆，踢球捡球，我看到哥哥吃惊的脸庞，和它代表的涵义。

我告诉自己：

让这些文字变成脚步，因为我还有好长好长的路要走。让这些文字走过肮脏的街道。让他们穿过哭泣的草地。让他们站在那里呼吸着寒冷冬夜的气息。当他们疲倦了，跌倒在地，就让他们强撑着自己站起来，围绕在我身边，守望着我。

我想让这些文字活起来。

给他们血肉之躯，我对自己说，给他们饥饿与渴望，这样他们就可以记录思想，整个夜晚都与我抗争。

3

静静的回忆

　　我靠着墙坐了下来，在落日中想起了那个理发师。这事的重要性在于，我和他做着类似的事，只不过是以相反的顺序而已。他在回忆，我在期待。

同性恋。娘娘腔。手淫者。

当我的街坊们想教训谁、数落谁或者想毫不留情地羞辱谁时，他们惯用这样的词；当你表现得与众不同、离经叛道时，这样的词也会落到你的身上；如果你无意中触怒了某人，他又没啥好说的，你也可能得到这样的称谓。

我说不太准其他地方是否也一样，但我知道，在我熟知的这个地方，情况就是这样。

这个城市。

这些街道。

马上，你就知道我为什么会提起这件事……

周四，我决定去理理发。对我们这些头发又硬又顽固的人来说，这可是一个相当危险的决定。你只能祈祷它不会以一个悲剧而告终。你别无他求，只求理发师不要忽视你的要求，把你的头发剪得像鸟巢一样。

"哈——喽，兄弟。"当我走进城市深处的这家小店时，理发师说，"先坐一下，我马上就好。"

脏兮兮的等待区里，杂志数量相当地可观。当然，看看出版日期就能知道它们在这儿已经待了好多年。这里有《时间》《滚石》，一些钓鱼类书籍，《谁周刊》，某种电脑杂志，《黑与白》《冲浪生活》，还有我一直以来的最爱——《体育万象》。当然，《体育万象》最棒之处不是体育，而是着装暴露的封面女郎。她总是坚毅无比，眼含渴望。她的泳衣又迷人又暴露，晒成棕褐色的腿修长柔美。她的胸部让你不由自主地产生想象，想象着你的手在触摸，在爱无着她（不好意思，可这是事实）。她有着香艳匀称的臀部、绝佳而又平坦的小腹和让你渴望去亲吻、吮吸的脖子。她的双唇总是那样的丰盈，充满渴望。眼睛似乎在说："带我走吧！"

你提醒自己《体育万象》还是有好文章的，但是你明白你在撒谎。这本杂志确实有很多精彩的文章，但是真的很该死，那绝不是你选择它的原因。相信我，性感迷人的封面女郎才是你爱不释手的真正原因。

因此，我立马环顾四周，确定没有人在看我后，立刻拿起了《体育万象》。我迅速翻开，假装浏览目录，好像是为了找一篇精彩的文章。当然（你懂的），我是想看看那个女人在多少页。

第七十六页。

"好了，老兄。"理发师说。

"我？"

"没人等了，不是吗？"

是，可是，我感到阵阵沮丧，我还没翻到七十六页呢！

全白忙活了。

理发师准备好了，你可万万不能让给你剪头发的人等你呀。理发师是万能的。事实上，他就像上帝，他拥有至高无上的权利。他去美发学校学了几个月，转身在这十到十五分钟里就变成了你生命里最重要的人。黄金法则是：不要让他不好过，否则你会付出沉重的代价。

我立马把杂志正面朝下丢到桌子上。这样理发师就不会立刻知道我竟是一个好色之徒。至少他得等到整理杂志时才能知道真相。

我坐上理发椅（听上去它和电椅一样危险），心里却惦念着那个封面女郎。

"剪短？"理发师问我。

"啊，不要太短，老兄，我其实想留长点，免得头发总竖着。"

"说起来容易做起来难，对吧？"

"嗯。"

我们友好地对视了一下。这让我感到在剪刀、椅子和理发师构成的作战前线中，紧张的情绪得到了些许的平复。

他开始理发。而正如一分钟前说的一样，我脑海里还想着那个封面女郎。在这件事上，我承认我渴望她的身体。然而，我真诚地相信自己对她的渴望是源于我的灵魂。在我内心深处，更深处，我有强烈的渴望想哄她开心，好好待她，和她的灵魂合二为一。

对此我深信不疑。

深信不疑。

但是，我可不敢再想了，我得好好和理发师聊天。这可是理发店的另一条黄金法则。如果你和理发师聊天，让他喜欢你，也许他不会把你弄得很惨。而这正是你想要的。效果可能不会立竿见影。但是如果你愿意试一试，多少会有点用的。在理发界，可没有百分之百的保证。不管怎么看，一切只能是赌博。我立马快速地说："嗯，生意怎么样？"我问这话时，理发师已经在剪我那密如森林的头发了。

"啊，你知道的，老兄。"他停下来，冲镜子里的我笑笑。"时好时坏，勉强维生吧！为了活着呗！"

我们又聊了一会儿。理发师告诉我他待在这个城市有多久了，人们改变了多少。他说啥我都举双手赞同。我或者冒着危险点头，或者低声说："你说得对。"他人不错，说真的。长的很魁梧，汗毛很重，声音沙哑。

我问他是否住在店铺的楼上。他说："嗯，住了二十五年了。"想到他除了理发，终其一生都没去过任何地方或做过其他的事，我有点可怜他。一个人孤零零地吃饭，也许就是吃用微波炉热热的速食晚餐（其实，这样的饭比沃尔夫夫人做的还强点，上帝保佑她）。

"你介意我问你结婚了吗？"我问他。

"当然，不介意。"他回答道。"我的老婆几年前去世了。周末我都去墓地，我从来不献花，也不说话。"他轻叹了一声，说得很真诚。"真的，我总觉得她活着的时候，这些事我做得挺多的，你知道吧？"

我点头。

"人一旦死了，就没有意义了。活着的时候，在一起的时候，你要对她好。"

他有好一会儿没有给我剪头了，所以我大胆地点了点头。我问他："那你站在墓地做什么呢？"

他笑了笑，"我就是回忆呀，就是回忆。"

不错。我想说，但我没说出口。我只是冲镜子里站在我后面的他笑了笑。我想象着一个毛发浓密、体态魁梧的男人站在墓前，想着自己对老婆足够好了。我还想象，在乌云蔽日的一天，我和他并肩站在墓前的样子——他穿着白色的理发服，我穿着平日的牛仔裤、敞怀的法兰绒夹克。

在幻想中，他转过身对我说："可以了吗？"

在理发店，他说："可以了吗？"

我跌回现实，"可以了，非常感谢，看起来不错。"虽然我知道四十八小时之内，我这桀骜不驯的头发又会根根直立。但我却很高兴，不光因为剪了头，还因为有了这次愉快的谈话。

理发师收拾落到地上的头发时，我付给了他十二美元。对他说："谢谢，很高兴和你聊天。"

"我也是。"毛发浓密的大个子理发师笑着说。我开始为那本杂志感到内疚了。我只希望他能理解我拥有着不同层次的灵魂。毕竟，他是一个理发师。你知道，理发师、出租车司机和讨厌的电台评论员都知道该如何管理国家，他们是那么的见多识广。我再次道谢并说了声"再见"。

出来一看，还是大中午。那为什么不呢？我想，我可以去格里贝呀。

所以自不必说，我到底是去了，站在那个女孩的屋外。

斯蒂芬妮。

在这儿看夕阳西下真是美极了。太阳掩起妩媚的笑脸，纵身慢慢没入城市后方的云海之间。我靠着墙坐了下来，在落日中想起了那个理发师。

这事的重要性在于，我和他做着类似的事，只不过是以相反的顺序而已。他在回忆，我在期待（我得承认，就算是乐观地讲，这也几乎是滑稽可笑的期望）。

天渐渐黑了，我决定回家吃晚饭了。我想，不过就是剩牛排，再煮点蔬菜。

我站起来。

手插着兜。

我满心期待地看了又看，无奈地朝着家的方向走去。

我真可怜，可我知道这就是我的人生了。我想，不承认也没用。

最后，我离开的时间比预期的要晚很多。想来想去，我决定做公交车回家。

有几个人在公交车站等车。

有一个拿着公文包的男人，一个烟不离口的女人，一个像民工或木匠的家伙，还有一对在等车时相互依偎亲昵的情侣。

我禁不住看着他们。

当然，不能太明显，假装看看这儿看看那儿。

他妈的。

我被发现了。

"你看什么看？"那个男人恶狠狠地说，"没事做了，是吧"

"没有。"

我就这么回答。

确实也没事。

女孩也冲我发火了，"为什么不看看别人，你这个怪胎。"

她有一头金发。街灯下，她那两只绿色的眼睛还算柔美，声音却像是一把无形的钝刀在敲打着我，"你这个怪胎。"

挺正常的。

无数次的，我被冠以这样的称号，但这次它伤到我了。我猜它能伤到我，就是因为说这话的是个女孩。我不知道。某种程度上这真让人有点沮丧，我们怎么总遇上这样的事。我们连安静地等公交车都不行。

我知道，我都知道。我应该对骂过去，骂得文雅却恶毒，可是我没有。我不能。这有点沃尔夫家的做派，哎。如果那样，我就会变成一只疯狗。我所做的就是偷偷地看最后一眼，看看他们有没有打算继续对我谩骂侮辱。

那个男的也有一头金发。不高也不矮。穿着黑裤子、黑夹克，冲着我冷笑。

与此同时，拿着手提箱的男人看了看表。烟不离口的女人又点了一根烟。民工模样的人把身体的重心从一只脚上挪到另一只脚上。

他们没再说什么。公交车来了，所有的人一拥而上，我落在最后。

"对不起。"

上车后，我打算交钱，司机却说车费涨了。我却没有足够的钱买一张汽车票。

我灰溜溜地下了车，站在那里羞愧地笑着。

公交车里还有很多空位——真是奇耻大辱！

当我抬步前行时，眼巴巴地看着它开动，绝尘而去。

我思绪万千，心乱如麻。思绪如下：

我得多晚才能吃晚饭？

会有人问我去哪儿了吗?

爸爸会让我和鲁本周六一起工作吗?

如果那个叫斯蒂芬妮的女孩出来看到我(如果她能注意到我在那儿的话),会发生什么故事呢?

鲁本还需要多久才能忘了薇儿?

史蒂夫会像我一样记着周一晚上我们那些意味深长的眼神交流吗?

我姐姐莎拉最近怎么样了(我们好久没说话了)?

如果知道我变成这么个孤独的人,沃尔夫太太是否会很失望?

理发师住在店的楼上会有什么感受呢?

当我开始走,然后跑起来的时候,我意识到对于辱骂我的那对情侣,我没有任何怨恨。我知道我应该怨恨,但是我没有。有的时候,我想我真应该混蛋点。

墓地

我的脑海里有一片墓地，在烈日炎炎、蓝天上飘着朵朵白云的日子里，我能看见自己的坟墓。

人们经过那个坟墓。

阵阵热浪中，人们谈论着，萎靡不振地移动着，空气中处处弥漫着死亡的声音。

当他们在围他们所谓的栅栏时，当他们在彼此交谈时，我看到他们的内心充满恐惧。偶尔，恐惧会从内心跌出，落到发烫的小草上。

现在我希望——我能一直站在这个幻影里，直到看到我的墓地上投下一个影子。

没有鲜花。

没有声音。

只有一个人在静静回忆。

4

妈妈的预言

"你有一天也将会出人头地的。"这是她对我说的倒数第二句话,"别让自己太辛苦了。"这是最后一句。

"这条狗真让人尴尬。"鲁本说。我知道有些事情永远都不会改变,他们会悄然离去,继而卷土重来。

在公交车事件后,我回到家。晚饭后,鲁本和我带上邻居的小狗米菲去散步。像往常一样,我们戴着帽子,以免别人能认出我们。正如鲁本所说,米菲绝对是条能雷死人的狗。

"凯斯要是再养一条狗,"鲁本畅想着,"咱们让他养一条罗特韦尔犬,或者是德国短毛猎犬。至少是一条我们好意思让人看到的狗。"

我们在一个十字路口停下来。

鲁本冲米菲弯下了腰,贱兮兮地说:"你是不是一个小丑杂种?米菲,嗯? 不是吗? 你是,你就是,你知道的。"狗狗美滋滋地舔舔嘴唇,喘着粗气。但愿它知道鲁本在羞辱它。

我们穿过街道。

我的步伐缓慢。

鲁本也是悠哉地溜达。

米菲倒是欢腾雀跃着,链子随着呼吸声叮叮当当地响个不停。

我低头看它,它的身体像是某种啮齿动物,毛发也可谓"惊为天人",就好像被旋转的吹风机卷了几千次。可尽管它超丑,我们却爱它。那天晚上,我们回到家,我给了它一块莎拉晚饭吃剩的牛排。不幸的是，对于只有几颗可怜小牙的米菲来说，吃掉这块剩牛排实在太艰难了，以至于它差点被噎死。

"该死的，卡姆隆，"鲁本大笑道，"你又对这个可怜的小杂种做了什么，让它噎成这样？"

"不会有事的。"

"好吧，我靠。你看好它。"他嘱咐道，"看好它啊！"

"那我接下来应该怎么办？"

鲁本出了个损招，"或许你应该把牛排从它的嘴里拿出来，然后好好嚼一嚼，再喂给它。"

"什么？"我看着他，"你想让我把牛排放进我的嘴里？"

"是的。"

"你才应该呢！"

"做梦。"

所以，实际情况是，我们又让米菲嚼了一会儿。渐渐地，它看起来比刚才正常多了。

"这样有助于塑造它的人格，"鲁本说道，"没有什么会比一顿大嚼特嚼更使一条狗变得强壮了。"我们俩专心致志地盯着米菲，直到它彻底搞定了那块牛排。

我们等它吃完，确定它不会被噎死后，送它回家。

"我们直接把它扔进栅栏里吧。"鲁本说。当然我们永远不会那样做。看着一条狗差点被噎死和把它扔进栅栏里是截然不同的两回事。还有，我们的邻居凯斯对此也一定会很恼火。他应该不太高兴，尤其这种勾当和他的狗有关。你一定不会想到这毛茸茸的小狗狗会是这样一个硬汉养的。但是我确信他大概会说这事全怨他老婆。

"这是我老婆的狗，"我都可以想象他在酒吧里对别人一定这么说。"幸运的是，有两个笨蛋邻居去帮我遛它，他们的妈妈让他们遛的。"凯斯本来挺男人的，可说出这样的话，只能算个一般人。

说到硬汉，爸爸确实想让我们在本周六帮他的忙。现在，他给我们的工资很高，而且心情也不错。就像我之前说的，以前他拼命工作的时候，确实挺可恶的。可这几天跟他一起工作还挺好的。有时候，我们午餐吃炸鱼土豆条，在爸爸的又小又脏的红色冰箱上打牌，当然前提是干活的时候我们得使出吃奶的劲。克利福德·沃尔夫是个工作狂，坦白地说，我和鲁本也是。我们也超爱炸鱼土豆条和打纸牌，尽管赢的总是老爸。每次不是他赢，就是玩了半天也没分出胜负被他强行中止。哎，没办法。

还有件事我没说，鲁本另有一份工作。他去年毕业，尽管期末考试的成绩非常糟糕，他还是获得了建筑工程师的学徒资格。

我记得他拿到成绩时的情形。

他站在倾斜的、脏兮兮的前门那儿，打开了信封。

"考得咋样？"我问他。

"那个，卡姆隆，"他微笑着，好像完全沉浸在自己的喜悦里，"我可以用两个词来回答。第一个是完胜。第二个是他妹的！"

不管怎么说吧，他还是找到了工作。

这就是鲁本的厉害之处。

每周六，他本不需要跟老爸去工作。但不知道为什么，他还是来了。也许是出于对老爸的尊敬吧。

爸爸问："去和我一起工作吗？"

鲁本说:"去。"

也许是他不想让任何人觉得他懒吧。我也不知道。

反正,周末的时候,我们和老爸一起工作。早早地,外面还是一片漆黑的时候,老爸就把我们轻轻地叫醒了。

在等老爸从厕所出来时(他总会留下一些可怕的味道——臭气熏天),我和鲁本决定先打会儿扑克。

鲁本在厨房餐桌上分牌的时候,我回想起几周前我们在吃早餐的时候玩游戏的事情。那主意不坏,可我半梦半醒之间把玉米片糊糊洒了一桌子。直到这周,我出的一张牌上竟还粘着玉米片。

鲁本捡起它。

仔细检查了一番。

"嗯?"

我说:"我知道。"

"你真是可恶。"

"我知道。"我只能随声附和。

伴随着马桶冲水的声音,爸爸从厕所出来了。

"我们走吧?"

我们点头,收起了那些纸牌。

工作的时候,我和鲁本一边用力挖下水道,一边说笑不停。我得承认,鲁本特擅长逗人笑。他调侃地说,他的前女友总爱舔他的耳朵。"最后我不得不让她嚼口香糖,否则我的耳朵就废了。"

薇儿,我想到。

我不知道几周后当他的激情消逝了,爱情不在了,他会怎么讲她。她有一对深邃清澈的明眸,蓬松的头发,修长灵动的双腿和一双美丽的脚。我想知道将来她会有什么怪癖让他肆意耻笑。也许是在看电影的时候，她坚持让他摩挲她的腿或者在他的手心拨弄自己的手指。我也不知道。

不过，我很快就会知道。

想到这里后我问他："鲁本？"

"怎么了？"他不挖了，看着我。

"你和薇儿还会好多久？"

"一周？不然就是两周。"

除了继续掏下水道，没啥可做的。一天就这么漫无目的地过去了。

午饭的时候，那个鱼油光灿灿的，味道超赞。

我们把薯条撒上盐，蘸着醋吃。

吃饭时，老爸读着报纸，鲁本看着电视，我写下脑海里的种种思绪。今天大家各干各的，没打牌。

那一晚，沃尔夫太太问我在学校怎么样。我突然想到前两天的一个问题：最近她是否因为什么事对我很失望。我告诉她一切正常。那一刻，我思绪万千，挣扎着我是否要告诉她我在写东西，但我不能。在某种程度上，我感到羞愧，即使写作这件事在我的耳朵里窃窃地说："写得不错。"可我还是没有对任何人说。

在晚餐的残羹剩菜发臭之前，我们收拾了桌子。妈妈说她在读一本叫作《我的兄弟杰克》的书。她说故事是关于两个兄弟的，其中一个出人头地了，但是却厌恶自己以及所过的生活。

"你有一天也将会出人头地的。"这是她对我说的倒数第二句话，"别让自己太辛苦了。"这是最后一句。

她离开后，我独自站在厨房里。我发现沃尔夫太太简直太了不起了。不是那种小聪明或是某种意义上的聪明，她就是了不起。她是独一无二的，连眼睛周围那被岁月掠过的小细纹都透露出一丝丝慈祥。这就是她与众不同的原因吧。

"嘿，卡梅隆！"姐姐莎拉走到我身边，"你明天想去参加史蒂夫的比赛吗？"

"去。"我回答道。反正没有什么好做的。

"非常好。"

周日，史蒂夫要参加一场常规足球比赛，客场作战。在莫利比亚呢。只有我和莎拉去看这场比赛。我们先去他的公寓然后他开车带我们去那里。

那场比赛中发生了一件大事。

仁慈的颜色

我偶尔会想到仁慈的颜色。我意识到，仁慈只可以通过岁月雕刻到脸上，而非油彩浓淡的涂抹。

独自站在厨房的时候，你是否曾因为感动和震撼想跪倒在地。

我不知道。

我知道的事情少之又少。

我知道当我吃炸鱼薯条时，我的手指和喉咙会变得油油的。咀嚼后的食物会不堪入目地滑落到胃里。可当老爸冲我微笑时，一切都变得无所谓。我不会用那些油腻腻的食物去换任何东西。

对着镜子，笨拙、不确定和憧憬的颜色映入眼帘。

倘若谁能从这几页手稿中看出我在寻觅归属感的话，那他绝对是个专家。

但事实却是，不像其他人，我根本不确定我属于哪里。妈妈却一针见血地看透了我。

这就是为什么我会被妈妈震撼到。

5

历练与成长

他不是一个情感丰富的人。他肯定不会说什么悲情故事，说那些孩子们如何揍了他，而这件事让他有了今天的行为举止等等。他只是告诉我事情的经过而已。

去史蒂夫公寓的路上，我想着莎拉的一辈子会干点什么呢？她走在我旁边时，绝大多数路过的男人都在看她。有些还故意折回来，就为了再看一眼她曼妙性感的身体。对他们而言，似乎她的身体就是她的全部。想到这儿我都觉得有点恶心（我不该这么说），我希望她永远也不要过那样的人生。

"都是色狼！"她说。

这给了我希望。

但问题在于，我觉得我们都是色狼，所有的男人，所有的女人。所有像我一样抑郁的小杂种都是色狼。突然想到老爸和老妈可能也是个色狼，挺可乐的。他们灵魂的某处一定也有缺口，我确信他们也堕落过，甚至乐此不疲。我倒是希望自己能时常待在堕落的深渊里。也许大家都有此意吧。也许如果生活中能有一抹亮色，我就还有爬出深渊的可能。

像往常一样，我们只要到了，史蒂夫就会很快地从公寓下来。上一秒，他仰着头站在阳台上；下一秒，他就会拿着钥匙和我们会合了。这辈子，史蒂夫做啥事都没迟到过。

他把东西扔到后备箱后，我们就出发了。

我们来到克利夫兰大街。即便是周日，街上也是拥堵不堪。

史蒂夫开着车，也没开收音机。他总得给行人让路，公交车也停在他前面，他却表现得很淡定。他既不按喇叭也不大声嚷嚷。对于史蒂夫而言，这些事情都无关痛痒。

那天，能在莫利比亚现场看球赛，我感觉好极了。看着史蒂夫，看他踢球都让我心潮澎湃。正如我写过的东西会让我以不同的角度去看待和感觉事物一样，在现场看球也激发了我更强的好奇心。我想看到人们的言谈举止以及遇到事情后的反应。史蒂夫就是这种观察的最佳人选。

球场被一根绳子圈了起来，从我和莎拉的位置，我们看见史蒂夫走近他的队友。每个人都言简意赅地和他说了几句。只有一两个人跟他说的时间稍长。他站在最边上，看得出来，他跟他们不太亲近。跟任何一个人都是。然而，他们喜欢他、尊敬他。如果他愿意的话，他自然可以跟他们一同说笑，成为他们谈话的主导者。

可这一点儿意义也没有。

对史蒂夫而言，一点儿意义也没有。

然而，在比赛中，只要他要球，他一定会拿到球。在关键时刻，史蒂夫一定会一马当先，射门得分。在轻松的比赛中，其他人可能会脱颖而出。但在打硬仗时，即使只能单枪匹马地作战，史蒂夫也会光彩四射。

从更衣室开始，球场里处处迸发着激情的呐喊声。他们准备好了，两队球员鱼贯而出，史蒂夫是球队队长。和我想的一样，他在场上话很多，却从来不会大喊大叫。总能看到他嘱咐其他队员或是告诉队员该怎么做，每个人都洗耳恭听。

下午三点，比赛正式开始了。

观者如云的球场外，大多数人不是喝着啤酒就是吃着肉派，要不就一手一个。球场上人声鼎沸，许多球迷不顾嘴里的食物，一边吐痰，一边呐喊。

事情是这样发生的。开场还没几分钟就发生了打斗事件，史蒂夫并没有参与。可一个家伙跳了出来，勒住他的脖子，大家都一拥而上。满场的乱拳飞舞，兵戎相见。

史蒂夫站起来，走开了。

他蹲在地上。

吐了一口唾沫。

然后他又站起来，接受了裁判的惩罚，在场上跑得更用劲了。

观众不断地呼喊着他的名字。

"沃尔夫，沃尔夫！"

对方球队每次都会派几个人过去"照顾"他一下，想把他绊倒，弄伤。

史蒂夫总能重新站起来，继续比赛。

我和莎拉骄傲地笑了。透过夹击，史蒂夫做了几次漂亮的助攻，确保队友能得分。中场休息时，他的队伍遥遥领先。下半场快结束时，那一天最重要的事情发生了。

天阴沉沉的，大雨将至。

寒冷中，人们紧紧地挤在一起。

料峭的寒风像刀子似的嗖嗖地刮着。

身后有一群孩子在踢球，相互追逐着。孩子们的嘴角上还牢牢地粘着番茄酱，膝盖上的伤口结着痂。

史蒂夫在距离球门很远的地方射门，几乎站到了对方球迷的那一侧。

他们嘲弄他。

咒骂他。

骂他是窝囊废。

他起脚发球时，不知道从哪儿飞出来一罐啤酒打到了他头上。啤酒流了出来，易拉罐打在我哥哥的脸上。

他停了下来。

踩着球。

安然不动。

随后，他处变不惊地弯腰捡起易拉罐，仔细看了看。他转向易拉罐飞过来的方向，那一侧立刻鸦雀无声。他回过头来，轻轻地把易拉罐放在旁边，向后撤步，又一次准备发球。

人们盯着史蒂夫的动作，屏住呼吸看他射门。

球飞了起来，高高地落入球门。史蒂夫转过身，凝视了他旁边的人群几秒钟，又转向赛场。而那个半空半满的啤酒罐，讪讪地被抛弃在球场边线旁。

看见了整个事件始末，我注意到史蒂夫凝视他们的眼神中根本不是愤怒的目光。如果那眼神中有什么的话，也应该是挑衅、蔑视。就冲刚才的事，他做什么、说什么都情有可原。比如朝他们啐痰，或者狠狠地将那个易拉罐抛向他们。

但这些事只可能是那些闹事的人干的。

他们的这些行为再也不会影响史蒂夫了。他射门，让球直直射入球门正中，他盯着他们好像在说："那么，你们还能对我做什么？"

这就是他打败他们的方式。

这就是他反败为胜的妙计。

他的机智是他们力所不能及的。

当我意识到这一点后，我忍不住大笑起来。莎拉也笑了起来。全场只有我们俩在大笑。对其他人而言，比赛还在继续。

比赛仍在继续，雨也停了，史蒂夫的队伍大获全胜。

比赛结束，他和队友道别。或许他应该跟其他队员去庆祝一下，可每个人都知道他不会去。

于是，我们开车回家了。

车里比平时更安静了，我不知道史蒂夫或莎拉在想什么，反正我是不能不去想啤酒罐的事。我仍然能看到那个高高飞起的球落入球门和史蒂夫脸上心满意足的表情。当莎拉摆弄仪表盘、随着收音机的音乐哼唱时，我满脑子还回旋着史蒂夫凝视他们的画面。他当时的表情和现在开车时的一样。奇怪的是，我觉得史蒂夫也在想那件事。我甚至期盼他能面带笑容，可他从没笑过。

一路上大家都默默无言。就这样，史蒂夫载我们回到了家。

"谢谢。"莎拉说。

"不用客气。谢谢你们能来。"

我要下车时，史蒂夫叫住了我。

他叫我："卡姆隆。"

"嗯？"

说这话的时候，他从后视镜看着我，我也能从镜子里看到他的眼睛。

"等会儿再走。"

鉴于这种事情以前从没发生过，我真不知道会发生啥事。他想告诉我那个眼神的真正含义吗？抑或是告诉我他让那些人出了洋相的感受？还是告诉我如何成为一个胜利者吗？

当然不是。

或者，至少，不应该是这样的话。

他说话的时候，眼神是那么温柔诚恳，这样的史蒂夫·沃尔夫对我来说是陌生的。

他说："当我只有你那么大时，有四个坏蛋狠狠地揍了我。他们把我带到一座楼的后面，不明缘由地打我。"他停了一下。无论如何，他不是一个情感丰富的人。他肯定不会说什么悲情故事，说那些孩子们如何揍了他，而这件事让他有了今天的行为举止等等。他只是告诉我事情的经过而已。"我躺在那里，都要崩溃了，我发誓我会让他们每一个人都得到像他们对我一样的报应。这个念头一直盘旋在我的脑海里。每个早晨，每个晚上，我总在想我要怎么做。当我准备好了，我就去找他们，一个接着一个，我把他们打得屁滚尿流。那时我搞定了其中三个，最后一个向我求饶讲和。"他沉浸在回忆中，眼神变得有些凌厉。"我还是暴揍了他，甚至比打其他三个更狠。"

他停了下来。

我还等着他接着说，可他没再说话。等我意识到哥哥已经讲完了，赶紧冲他点点头。

当然，是冲后视镜里的他点点头。

一瞬间，我很困惑，他为什么要告诉我这事呢？

　　他看起来既不骄傲，也不高兴。有点像球场上那个心满意足的表情。或者他只是高兴能告诉我这件事，因为他不可能和别人和盘托出事情的来龙去脉。当然，和以前一样，我也不太确定。

　　下了车，我特想知道是否有人真正了解我的哥哥，也想要知道莎拉是否了解他。

　　我只知道那天史蒂夫和我聊天的感觉不错。

　　不，感觉是好极了。

　　我冲他挥手但是他已经开出好远了。回到家，看见薇儿坐在厨房里。

　　鲁本却不在。

　　浓情蜜意已然不在。

　　她看起来真美。

小巷男孩

这座城市有成千上万条小巷。

漆黑的小巷无处不在。

许多小巷中，人们在打架，相互打倒对方，猛击、猛踢已经倒下的人。

如果这个漆黑的小巷在人心里呢？

一个小男孩的心中？

抑或在一个人的心里？

有多少次我自己击败了自己？我想知道。我多少次躺在其中的一条小巷里，躺在那颤动的高楼和没精打采矗立的房子中间。它们双手抄在兜里，什么也不做？

今晚，我跑过那些小巷。

经过伤痕累累的车子。

走下灯光幽暗的楼梯。

直到小巷。

我感觉它。

我熟知它。

我看到自己躺在最幽暗、最远的那条小巷中。一阵清风从地上拂过。它把垃圾吹得沙沙作响，将它卷起，吹远。

起来！我告诉自己。

快起来！

慢慢地，我站起来了。我让自己意识到做卡梅隆·沃尔夫是一件不错的事。我渴望重新找回自我。

我意识到在这些巷子里，没有任何其他的人可以打倒我抑或是让我站起来。

只有我自己。

6

未完结的终点

她似乎对我嫣然一笑。正像受伤的人强撑着冲你微笑那样，只是为了让你知道她还好而已，即使事情远非如此。

三个词：

天杀的、该死的、米菲。

我并没有心情带米菲散步，尤其是当我不得不等鲁本的时候。

开始，我和薇儿坐在厨房里。

她和鲁本那天下午本来是要出去的，鲁本的爽约弄得她对啥都提不起精神。鲁本一定忘了。至少我是这样告诉她的。不过，这话是我说的。我知道鲁本在故意疏远她。他以前总用这招。

故意回来晚。

找茬吵架。

然后告诉她或她们，他不想再听见这样的废话。

鲁本还是很擅长这招的，也不在乎自己做个负心汉。

家里还有些剩菜，薇儿也没心思吃。我陪她出去散步，先在门廊前停下来聊了一会儿，时不时我们还笑出了声。隔壁的米菲听见我们说话，巴望着我们能带它走走。开始的时候，叫声只是有点焦躁，没过多久便开始抓狂了。

"我去带它出来。"我说，并迅速地到隔壁把那个小杂种牵了出来。

回来后，我发现薇儿冻得浑身发抖。

她抚摸小狗的时候，我脱下夹克递给她。穿上后，她马上就说："卡姆隆，真暖和。"接着，她看着远处说："这是我感到最温暖的时刻……"

其实，我希望她不是在说这件夹克，但我最好别往那方面想。一旦你想到爱情，你就会傻乎乎地站在别人家门口，遐想着一些永远也不会发生的事。

我们散完步走到大门口。我帮她开门后，她把夹克还给了我。

月光洒满整个天空。薇儿说："我没有必要再来了，对吗？"

"为什么？"我回答。

"别问我为什么了，卡梅隆。"她的目光投向远处，然后匆匆瞥了我一眼。"别担心我。"即使她双手扶着大门，她的声音却有些许不稳。薇儿看起来那么美。不是源于那种肮脏的想法，我喜欢她。还有，鲁本这样待她，我觉得对不住她。她似乎对我嫣然一笑。正像受伤的人强撑着冲你微笑那样，只是为了让你知道她还好而已，即使事情远非如此。

她离开了。

她走出大门时，我叫住她："薇儿？"

她转过身来。

"你会再来吗？"

"或许吧。"她莞尔一笑，"也许某一天吧。"

她独自走在门前的街道上，此情此景如此地冷艳、残酷而美丽。有那么几秒钟，我痛恨鲁本竟伤害了她。

她慢慢走过门前的街道时，我想起鲁本说的一件事——有一天他和薇儿曾跟踪我去了格里贝，看着我傻乎乎地站在斯蒂芬妮的家门口。我能清晰地想象出他们在看我。看着我痴情守候的样子。她一定觉得我很可怜，有点像孤单的小杂种，这话鲁本说过。或许现在走在街上的她能体会到我当时的感受吧。

　　然而，现在的她想着、念着、恨着的都该是鲁本吧。或许想着他的手放在她身上时产生的悸动；或许是记忆中的笑声；或者是某次难忘的对话。我永远也不会知道。我坐下后，米菲跳到我的腿上。我看着薇儿，它就看着我。等女孩彻底看不见时，狗狗却还是目不转睛地盯着我。

　　"怎么了？"我问它。当然，它不会回答。米菲看起来好像洞察了一切。可转瞬间它就亮出了一个让人恶心的动作——冲着我打了个哈欠。"你的口气真像是大粪池。"我说。

　　我们一起等着鲁本。

　　他很晚才回来吃晚饭，老爸为此好好地教训了他一顿。当然，也是因为他让薇儿傻傻地苦等。我跑开了，带着米菲去瞎逛，直到鲁本出来。

　　外面寒风刺骨，我的心情也一落万丈。

　　毋庸置疑，这样寒气逼人的天气里，我们必须戴着帽子。甚至，还能看见嘴里呼出来的哈气。

　　我们加快了步伐往家跑，伴着米菲轻微的咳嗽声，阵阵哈气从它嘴里冒了出来。

　　看电视的时候，我窝在沙发里，鲁本坐在旧长椅上。

　　他感觉到我在看他。

　　"干吗？"他问。

　　他瞅了瞅别的地方，然后转过来又问我。

　　"薇儿走了？"

"是的。"

这个答案，鲁本其实不问也知道。

"有新的了？"

这个答案，他不回答我也知道。

"她叫什么？"

他迟疑地说："茱莉亚……但是放心，卡姆隆——我和她还没有开始呢。"

我点点头。

我点头、咽了口唾沫，我多希望他不是这样对薇儿的。在这件事上，我压根没想鲁本的感受，我只在想那个可怜的女孩。我想起几年前，莎拉被一个滥情的家伙抛弃了。我仍能记得，知道那个负心汉另有所爱时，她痛不欲生的情景。我和鲁本恨死了那个始乱终弃的家伙。

我们都想杀了他。

尤其是鲁本。

现在鲁本成了那样的人。

一时间，我差点提起这个事。我只是出神地坐着，看着鲁本的侧脸。他的脸上完全没有一丝懊悔的表情。看起来他压根就没觉得自己做了缺德事。

茱莉亚。

我想知道她是什么样的人。

鲁本唯一的问题来了。薇儿想知道分手的原因，又来找鲁本了。

他们去了后院，几分钟后，她独自一人回来了。看到我，她说："我们还会见面的，卡梅隆。"她又一次地露出了勇敢的微笑——

就像那晚我看到的一样。只不过这次她的眼睛里噙着泪花，泪花越涌越多，泪水在眼眶里打转，终究没有流淌出来。我们站在门厅，她长吸一口气，抚平了情绪和我告别，"下次见。"

"不，不会的。"我咧了咧嘴。大家都知道人们一般不会看到卡梅隆·沃尔夫——除非他们天天在街上转悠。

她走的时候说不用送她。但我还是偷偷地站在门廊里看着她离开，看着她的背影消失在街角。

"对不起。"我轻声说道。

我以为这是我最后一次见鲁本的前女友薇儿了。

结果我错了。

永不止步

　　有时我特想知道，那个格里贝灯光昏暗的街道里的女孩在想什么。

　　我想知道她是否曾经见过我。

　　我想知道如果她见到我，了解我，会愿意让我在门口站着，亦或是坐着，这么徒劳地等着吗。

　　我想知道当我离开时，她是否会透过窗帘的缝隙，偷偷地看我。

　　天呀，我想的太多了。

　　多到让我心神不宁。

　　然而，我没有回头。

　　我只是一直走下去，我只能这么做。我从来不说、不喊或告诉任何人我在这里。我从来不允许自己的手握成拳去敲她家那道望而生畏的木门。

　　我？

　　我只是一直走下去，从来没有回头看过。

　　因为我担心，我担心她没有在看我。

　　如果不回头的话，纵然她没在看我，我的心中依旧会怀有一丝希望。

7

和盘托出的秘密

愚蠢的泪花大颗奔涌而出，一路跌跌撞撞
地从脸上流到嘴里，我伤心地说："今晚她没
有出现，或者说从来都没出现过，我却无能为
力。"

茱莉亚——毫无疑问，就是个小太妹。我没有更多的词语来形容她。人们认为小太妹（以防你不了解）就是类似荡妇或者妓女的女人，但还算不上是一个完全意义上的妓女。她总是嚼着口香糖；她酗酒、抽烟可能就是为了表现自己的特立独行；她会轻蔑地笑着叫你同性恋、娘娘腔或者手淫者；她会穿紧身包臀的牛仔裤并且展现她完美的乳沟，也根本不在意是否春光外露。至于戴的首饰：俗气的抑或是笨重的，或许会戴一个具有反叛创意的鼻环或者眉环。当然也少不了化妆，她的脸上有几个痤疮，时常给自己化个大浓妆。一般来说吧，小太妹的长相还算说得过去，但是她们的所作所为总让自己变得丑陋。

茱莉亚呢？

我应该怎么形容她呢？

她算是个美人，一头金发。

也算是小太妹中的极品了。

她第一次见到我时满不在乎地说："这就是卡梅隆呀！"嘴里还嚼着牙医强烈推荐的低糖口香糖。

"嗨。"我应道，鲁本冲我使眼色。我知道他的意思，无非就是"还不赖吧，嗯哼？"或者是"你追不到吧，对吧？"或者是意思更简单的，"手感不错吧，嗯？"

这个风流鬼。

正如你能想到的，那个女孩说讨厌我废话连篇，我立马识相地出了门。我只希望鲁本不会也带她去看我在斯蒂芬妮家傻等的样子。薇儿知道的话，我可以接受，因为她善解人意，很善良。这位可不行。她极有可能耻笑我是孤独的可怜虫。也许会说什么"享受生活吧"或者重复鲁本以前曾经说过的话——希望鲁本的魅力能迷倒那个妞儿。没门儿，我不会给她这个机会的。绝对不给她这样的机会（我曾想，如果上帝想看，我勉强能让他看一眼。虽然我没看过，但我总觉得她有着《体育万象》封面女郎的性感身体）。

但是不行。

我下定了决心谁也不让看。

不想在家当讨人厌的电灯泡，我决定还是去看场电影。当然，对电影院里的情侣来说，我也有点碍手碍脚。

一个寒风凛冽的周六，老爸说不需要我帮忙。连看了三场电影后，我先去了格里贝，然后才回家。晚上，我去地下室写了点东西，突然感觉自己彻底改变了。

鲁本进来倒在我对面的床上时，我已经在床上躺了好久。我起床去关灯，听见他说："嗯，卡姆隆？"

"嗯什么？"

"你是怎么想的？"

"关于什么？"

"关于茱莉亚。"

"哦，"我嘟囔地说，我既不想恭喜他，也不想干涉他。关灯后，屋里一片漆黑。我说："我觉得她还行吧。"

"还行?!"他激动地提高了嗓门，"要我说，她棒极了。"

"但我没让你说呀，不是吗？"我一本正经地说。"你问我，所以我告诉你我的回答。"

"机灵鬼。"

黑暗中，我咧嘴笑了。

"你是不是也有点想恋爱？"

"当然不是。"

"你最好还是不要……"

鲁本的声音越来越轻，竟睡着了。只剩下孤零零的我在漫漫长夜里思绪万千。

我躺在那儿几乎一夜无眠——想着理发店里杂志上的封面模特；想着电影广告中的一个外国超模。在我臆造的意境里我们是在一起的。我独自和她们在一起。有那么一瞬间，我甚至想到了茱莉亚，和她在一起绝对是重口味。我的意思是，即使只是想想，这也很变态，非常变态。

早上，我和鲁本都不记得昨晚的卧谈内容了。他在厨房吃了点熏肉片就出门了，而我第二天要交学校的作业，只得待在家里。

当然，鲁本一定和茱莉亚泡在一起，你知道的，又是他恋爱的那一套。

大约又过了两个星期，日子循规蹈矩地继续着，一切都按部就班地延续着。

父亲勤劳地修着水暖。

沃尔夫太太也一样，给人打扫卫生，还披星戴月地在医院做轮班的清洁工。

莎拉也经常加班。

史蒂夫依旧在足球比赛中获胜，在办公室工作，和莎尔住在一起。

鲁本和茱莉亚依旧还在浓情蜜意中。

我仍然在写我的东西：有时候在卧室；有时候在地下室。我去了格里贝几次，其实就是习惯而已，真不见得我有多爱她。

可是，不久的某一天所有的事都改变了。

呃……我不知道该怎么讲述它。

虽然一切看起来那么正常，可就是让人感到有点不对劲。

我和平时一样走过城市的街道。

我走在去格里贝郊区的路上，其实根本没想过自己要去哪儿。

到了那儿，我依旧坐一会儿、站一会儿，等待着、巴望着能发生点什么事。任何事都行。

那天是星期四，暮霭时分，最后一缕阳光消失在天际时，我感觉有人在我身后。他的存在就像一个影子，隐隐约约地躲在一棵树的后面。

我回头看了看。

"鲁本？"我试探地问，"是你吗，鲁本？"

不是鲁本。

当时我正靠着矮小的砖墙坐着，那个人在落日的余晖中慢慢地走向我。竟然是薇儿。

薇儿走过来，在我旁边坐下。

"嗨，卡梅隆。"她说。

"嗨……薇儿。"我惊魂未定地说。

一阵寂静。我有些发窘，有些脸红，大约还有点手足无措。

我的心好像要从喉咙里跳出来了。

然后，心慢慢下沉。

下沉。

她看着我一直盯着的窗户——斯蒂芬妮的窗户。

"什么也没发生吗？"她问我。我明白她的意思。

"是的，今晚没有。"我回答。

"每天晚上？"

我再也受不了了。

真的，我受不了了……

愚蠢的泪花大颗奔涌而出，一路跌跌撞撞地从脸上流到嘴里，我都尝到味道了。在我的嘴唇上，我尝到了咸味。

"卡梅隆？"

我抬头看了她一眼。

"你没事吧？"她问。

此时此刻，我只想和盘托出我的秘密。

我伤心地说："今晚她没有出现，或者说从来都没出现过，我却无能为力。"我想到了鲁本的话："你的感觉就是你的感觉，那个女孩不会感同身受，这就是我所做的一切……"天空渐渐变暗，我也极力想控制自己的情绪。

我理智地问自己，为什么要迷恋这个格里贝女孩，还心甘情愿地想取悦她。

"卡姆隆？"薇儿叫我。

"卡姆隆？"

她想让我直视她，而此时的我根本没法面对她。相反，我站了起来，看着眼前的这栋房子。灯亮着，窗帘被拉上了。和平时一样，没看见那个女孩。

现在，身边的这个女孩和我站在砖墙边，看着我，想让我直视她。她又喊道：

"卡姆隆？"

"什么事？"我羞怯地回应她。

宁静的城市夜晚里，她哭着问我："你愿意去我家等我吗？"

木炭色的天空

有时，你走上歧途，但是正途总会找到你。你会为之磕磕绊绊；也会和它深谈交心；或者当白天被黑夜吞噬时，它向你伸出援手，帮助你走出歧途——一个满是幻想的歧途。

混乱的思绪中，这个女孩跨越歧途站在我面前，悦耳的声音在我耳边萦绕。

我想起那砖墙。

有时候，当你脱离正途时，你只能冷眼旁观，看世界如何忘记你。荒谬的是，当你回归正途时，你也不再是以往的自己。

它叫你的名字，但是你决绝地离去。

你什么都看不见，听不到。

你去了别处，找到了不同的自己；在那儿，没有任何事能感动你；在那儿，没有任何事能左右你。那一刻，只有你自己，在木炭色的天空下飞翔。

回在地面，这个世界再也没有人能认出你。你的名字没变，你的容貌依旧如常，但是你已经脱胎换骨了。

当城市的风开始号叫，风儿吹动了我们的衣角。

风儿把你我联系。

风儿吹动了你的心，你的心儿泛起了涟漪。

所以，你喜欢风儿呼啸地朝你吹来。

8

姗姗来迟的爱情

　　无声的吼叫咆哮着穿过我的身体，我却说不出话来。

　　这个女孩问了我一个世界上最美好的问题，而我却无言以对。

如此地简单。

她说的每一个字都侵入我的身体，攫取我的灵魂，将它从我的身体中吸走。

只有余音绕耳，只有我和薇儿，只有我的灵魂在静谧、昏暗的街道上飘荡。我眼里只有她。她袅袅婷婷款款走来，温柔地牵起我的手，放在她的手心。

我被她深深地吸引了。

寒冬腊月的天气里，站在幽暗的街道上，她的嘴中漂浮出一朵朵哈气；她的嫣然一笑和不时垂下的头发是如此地美丽、真实；她的眼睛中闪烁着人性的光辉；她的声音柔得像风；她的肩膀消瘦，令人爱怜；她跳动的脉搏有节奏地轻轻拍击着我的皮肤；她的手紧紧地握着我，期盼着我的回答。

无声的吼叫咆哮着穿过我的身体，我却说不出话来。

街灯忽明忽暗。

我仍然缄默不语，完全的沉默，静静地看着真实的她站在我的面前。

我多么想释放自己，让自己的浓浓爱意回荡在这条小路上。但我却什么都没说。这个女孩问了我一个世界上最美好的问题，而我却无言以对。

"好。"我多想这样回答。我多么渴望能够吼出:"好的,好的。我愿意从今以后时时刻刻站在你家门外。"但我最终什么都没说。我迸发的心声即将脱口而出,然而只是"即将",它总是在我身体里绊跌消失、荡然无存。而我又一次咽下了我渴望已久的爱。

混乱的意识把此情此景切割得支离破碎,我的勇气都变成了碎片在身边飘荡。我不知道我和薇儿谁会先说话,我多想弯下腰,拾起那一片片陨落的碎片,将它放进我的口袋。真的,我感觉我马上能说出口了,我听到了自己灵魂的声音,告诉我该说什么,该做什么,但我听不懂它。我的周围死一般的静默。那沉默几乎将我淹没,我感觉到她的手指把我扣得更紧了。

然而,一切都过去了。她渐渐地松开了那只紧握着我的手,一切都烟消云散了。

我的手被甩了回来,轻轻地拍到了身体的外侧。

她意味深长地注视着我,随后瞥向了别处。

她是否感到受到了伤害?她在期盼我说话吗?她是否盼望我再次紧握她的手?她是否想要我将她揽入怀中?

众多的问题扑面而来,我却没能鼓足勇气去回答。我怔怔地站在原地,像一个倒霉的、绝望的傻子等着事情自己会有转机。

最后,薇儿的声音彻底划破了夜的寂静。

多么细腻的、充满勇气的声音啊!

"嗯……"她犹豫片刻,"考虑一下吧,卡梅隆。"沉思中,她看了我最后一眼,旋即转身离开。

我目不转睛地盯着她。

她的腿。

她的双脚，迈着步伐离去。

她的头发，在黑暗中错落有致地垂在背部。

我仍然记得她的声音，她的问题。记得那些令我激动的感受。那一切都在呼喊着我，温暖着我，让我战栗并将这一切都注入我的心脏。为什么我会一言不发呢？

为什么我会一言不发呢？我为自己的表现感到耻辱。

直到现在，我依旧能听到她的脚步声。

轻轻地抬起，落地。

她朝火车站走去。

"卡梅隆。"

有个声音在叫我。

我清楚地记得当时我的手插在兜里。向右侧望去，我真的看见自己的灵魂靠着砖墙站着，手也抄着兜。它注视着我，说了许多话。

"你到底在做什么？"它问我。

"什么？"

"什么'什么'？难道你不该跟着她走吗？"

"我不能。"我低下头，无奈地看着自己的旧鞋和破败不堪的牛仔裤脚，"无论做什么都晚了。"

我的灵魂渐渐接近我，"你这个该死的男孩。"话说得很粗鲁。我抬起头去寻找说话的人。"你在一个毫不在意你的女孩门口傻等，而当真命女孩出现时，你又成了逃兵，你到底是什么人呀？"

我的灵魂沉默了。

声音戛然而止。

　　该说的都说了，我们站在原地，背朝着砖墙，双手抄兜，静默无言。

　　一分钟又一分钟，时间滑过思绪留下的刻痕。这刻痕和薇儿离去时留下的痕迹一模一样。

　　大约十五分钟后，我终于有所行动。

　　最后，我瞥了瞥那栋房子，这可能是我最后一次看见它了。错落交叉的电线网下，在寒冷的街道里，我走向了勒德褔姆车站。路灯的映照让房屋的铅化窗户反射着朦胧的微光。我跑的时候，听见自己抬脚后有力地叩击着地面的声音。身后的某个角落里，我听到自己灵魂的脚步声和呼吸声。我想超过他先跑到车站，必须超过他。

　　我一路狂奔。

　　刺骨的寒气撞击着我的胸腔，我的脑海中一次次地浮现出薇儿这个名字。我一路狂奔直到我的胳膊酸胀疼痛，我的腿筋疲力尽，我的头充血眩晕。

　　"薇儿。"我在内心呼喊着。

　　我不停地跑。

　　跑过大学。

　　跑过无人的街道。

　　跑过几个看上去想要打劫我的家伙。

　　"加油！"每当我想要减速时，我总这样鼓励自己。

　　我眺望着远处薇儿修长的腿和她移动的步伐。

　　我气喘吁吁地跑到车站，蜂拥而至的人成群地挤过大门。我侧身从一个拿手提箱的男人和一个手捧鲜花的女人之间的缝隙滑了过去。径直走到伊拉瓦拉线，冲下自动扶梯，穿过了所有穿西装、手提公文包的人群，在充斥着各种隔夜香水味和头发喷雾剂的空气中奔跑。

电梯快到底时，我差点摔倒了。

"他妈的，哪来的这么多人！"我嘟囔着，顺着站台，侧着身体挤过摩肩接踵的人群。火车到站了，所有人互相推搡着、挤压着想上车。因为我挡了他们的道，他们都反感地摇头。空气中充斥着难闻的腋臭味，难闻的气味扑面而来。可我什么也不在乎，我在人群中横冲直撞，苦苦寻觅着。

"滚开！"有人冲我咆哮。可除了上车找她，我别无选择。

终于，我挤上了火车。

上了火车，好不容易挤到了车厢中部。显然，我右侧的胡须男是腋臭的发源地。大家握着油腻腻的金属把手。火车一启动，我就开始了我的寻觅之旅。

"借光。"我说，"对不起。"我在楼下的车厢里艰难地走动着。我计划先找楼下的车厢，再找楼上的。这是唯一一辆通往哈斯威尔的火车，她一定在车上。

她既不在我这节车厢，也不在下一节。

我打开两节车厢之间的门，进入下一节车厢时，寒冷的隧道空气在耳边呼啸而过。每一次，如影相随的灵魂快贴上我时，我都把门摔在它脸上。

"在那儿！"

顺着灵魂发出的声音，在狭窄的车厢和拥挤的人群中，我望见了她。

当火车发出咯咯吱吱的巨大声响冲出隧道进入苍凉的夜色中时，我看见了她。

她背对着我站在那儿，和我刚才一样也握着金属把手。从下往上看的时候，我看到了她的双腿。

一步。

再往前一步。

我慢慢地挤到楼梯处，顺梯而上。

我完全看到她了。

她伫立在那儿，透过沾满污秽的玻璃往车窗外看着。我很好奇她在想什么。

我靠近她，近到能够看到她的脖子，听到她呼吸的节奏。火车到站停靠时，忽明忽暗的灯光中，我看到了她的手。

"薇儿。"我冲着车厢里喊。

我的灵魂推着我向前走。

"继续走。"它说道。它并没有激怒我、命令我或者苛求我。它只是告诉我怎么做是正确的，我需要做什么。

"好吧！"我嗫嚅着。

站在她后面，我离她更近了。

她的法兰绒衬衫。

她颈部吹弹可破的皮肤。

她卷曲的头发垂在背上。

她的肩……

我伸出手，轻轻地碰了她一下。

她回过头来，我注视着她，一种使我倾倒的感觉油然而生。

天啊，上帝啊，她看起来是如此的美丽圣洁。我听到了自己说话的声音。"我愿意站在你家门口，薇儿。"我甚至微笑着说，"我明天就去。"

她微微闭了下眼，冲我嫣然一笑。

她燕语莺声般地说："太好了。卡姆隆。"

我离得更近了，碰着她身上的衬衫，我终于感到踏实了。

下一站到了，我得下车了。

"明天见吗？"她问道。

我用力点点头。

火车门开了，我下了车。车门关上了，我却不知道自己在哪儿。当火车拉着汽笛慢慢驶动时，我不由自主地跟着它，透过窗子望着她。

火车完全消失在夜幕中，我仍然站在那儿。许久，我才意识到车站是真冷啊！

我突然想起一件事。

我的灵魂。

它消失了。

我四处寻找它，它却无影无踪。

终于，我知道它没有和我一起下车。它仍留在车厢里，陪着我的薇儿。

轨道

　　一辆拥挤的火车慢腾腾地从我身体里驶过。

　　它现在是我的了，我待在车厢里，让它载我回家。

　　如果我待得够久，车厢会渐渐地变空，只剩下我和薇儿。站在闪烁的荧光灯下，站在一进一退向前滚动的金属车轮上。

　　火车冒着蒸汽。

　　有话要说的样子。

　　它的声音就是我此刻的心情和以往的记忆。

　　记忆的火花闪烁地从天而降。

　　我们伫立着。

　　我捏着她的衬衫衣角，靠着她。

　　我的灵魂落在我的肩上，低声耳语着。

　　尽管疲劳阵阵袭来，下了车的我却一直跟着火车跑呀跑，我将永远铭记这一切。

　　火车加速了。看着火车颤动着消失，我弯下腰，双手扶着膝盖，艰难地呼吸着。我无法正常呼吸，但这滋味尝起来真不错。

9

我的第一次约会

　　我不知道如何去讨女孩的欢心，对我来说，她就是一个迷。我根本不知道该怎么做，我只知道我想要她。这听起来倒是简单，可我该怎么办呀？

那晚回家后，"哦！"鲁本对我说。

"今天发生了啥事？你回来得可有点晚，是吧？"

"我知道。"我点点头。

"锅里有汤。"沃尔夫夫人插话说。

我最不爱干的事就是掀开盖着沃尔夫夫人"靓汤"的锅盖。鉴于这汤的味道会让所有人退避三舍，心事重重的我今天倒是愿意去掀盖盛汤。我真的没心情去回答任何问题，特别是鲁本的问题。我该告诉他什么呢？"啊，你知道，老兄，我今天和你的前女友幽会了，你不介意吧？"不，我当然不能这么说。

我一个人在厨房喝了好久的汤。

我边吃边想，渐渐地接受了今天的一切。

我的意思是，对我来说这种事太不寻常了。一旦发生了，我得拼命地说服自己才能相信。

她的声音在我脑海里萦绕。

"卡梅隆？"

"卡梅隆？"

几声呼唤后，我转过身，原来是莎拉在叫我。

"你还好吗？"她关心地问。

我咧嘴一笑，"当然。"后来，我俩边说笑边洗完了餐具。

饭后，我和鲁本带米菲去遛弯，一直遛到它又开始气喘吁吁。

"它听起来非常地糟糕。是不是得了流感或其他的病。"鲁本怀疑道，"可能是淋病。"

"什么是淋病？"

"我也不太清楚，应该是性病的一种。"

"不能吧！"

送它回去时，凯斯说米菲最近毛发都卷成团了，这话说得对。米菲身上百分之九十都是毛。除了几两皮肉，几根骨头，一两声狗吠、哀鸣，全身都是毛呀，都不配当只猫。我们拍了拍它，回家了。

在前门廊，我问鲁本，茱莉亚最近咋样了。

"她就是个婊子。"我真希望他能这么说。但我知道他永远都不会。

"噢，还不错吧，你是知道的，"他回答道，"她算不上最好，也算不上最差。没什么好抱怨的。"在鲁本的嘴里，女孩从惊为天人到姿色平庸的时间不会很久。

"有道理。"

当时，我都想问问他如何看待薇儿的。但是我和鲁本在乎的不一样，问也没啥意义，也不重要。对我而言，给我想她的权利才是最重要的。我不断地说服自己相信发生的这一切，总会不由自主地想起她。

她在格里贝出现。

她提的问题。

火车。

眼前的一切。

我俩在几年前老爸拿出来的破沙发上坐着，看着门前悠闲而过的人们。

"他妈的，你们在看什么？"一个痞相十足的女孩冲我们嚷嚷着，慵懒地走过门前的人行路。"没看什么。"鲁本回答道。让我们面面相觑的是，她没缘由地骂完我们后，却径直地走了。

我的思绪又飘到臆造的意境里。

薇儿在逝去的每一刻中都和我同在。鲁本再次挑起话题时我还在列车上，在拥挤的人群、熏人的汗味、满眼的公文包中艰难地前行。

"星期六和爸爸一起工作吗？"鲁本活生生地打断了我的回忆。

"必须的。"我说。听完我的回答，鲁本起身进屋了。我独自在门口静坐良久。幻想着自己站在薇儿家的房子外面。

我裹在被子里，辗转反侧，一夜无眠。凌晨一点，我跑到厨房里呆坐着。凌晨两点多，沃尔夫太太起夜时，过来看谁在厨房里。

"嗨。"我轻声说。

"这是在干吗呀？"她纳闷地问。

"我睡不着。"

"那一会儿就回去躺着，好吗？"

我在餐桌旁坐了好久，听着收音机播放的午夜节目。一整夜，我都在想念着薇儿，我甚至猜测她也坐在厨房里想着我。

或许她会。

或许她不会。

不管怎样，我第二天都要去找她。时光流逝得好慢呀，简直是度"夜"如年。

　　我躺到床上，在寂寥中等待着黎明的到来。伴着第一缕阳光，我早早地起了床。漫长的一天开始了。学校就是个大熔炉。讨厌鬼无处不在，同学们的玩笑声，打闹声和欢笑声对心急如焚的我来说，都是无尽的折磨。

　　阵阵焦虑折磨了我整个下午，我记不清薇儿姓什么。我就怕电话簿里找不到她的信息。好不容易想起了她的姓，我才如释重负。她姓阿什，叫阿什·薇儿。我拿到地址后，研究了一下地图上的那条街道，只要不迷路，从车站只需走十分钟就能到。

　　为了寻求安慰，我跳过栅栏，抚摸了米菲好久。在某种程度上，我很紧张，紧张得要死。想到了所有可能出差错的事——火车出轨了，或者没找着她家，结果在别人家门前傻杵着。我貌似慵懒随意地抚摸着米菲肉乎乎、毛茸茸的身体，心里却藏着 N 种想法，时不时还傻笑几声。

　　"祝我好运吧，米菲。"起身时，我柔声说道。米菲支起了身子，看着我，像是说"不要停止摩挲我，你这个懒蛋"。我跳过栏杆，回屋留下了一张便条说晚上我可能去找史蒂夫。这样，就没人担心了（不管怎么说吧，可能最后我会去他那儿）。

　　我穿得和平时一样：旧牛仔裤、套头毛衣、黑色开衫夹克和旧鞋子。

　　走之前我去了浴室，想让竖着的头发服服帖帖地趴在头皮上，这比克服万有引力还要难。我那像狗毛一样厚重而又乱蓬蓬的头发总是桀骜不驯地立着。对此我无计可施。还有，我忖思着，我应该尽量和昨天一样。如果昨天够好了，那今天这造型也没问题。

头发大事处理完毕，我要出发了。

我用力关上前门，纱窗被震得吱嘎作响。我生活的这幢房子的每一扇门都想把我逐出以往的生活，扔进崭新的世界。破旧、倾斜的大门也发出咯咯吱吱的声音，好似欢送我一样。我轻轻地把它带上。顺街走了五十码，我回头端详着我家的房子。在我心里，它和以前不一样了，再也不会一样了。

我继续向前走着。街道上来来往往的车辆从我的身边开过。在一个被车塞得水泄不通的路口，出租车里的男人向窗户外吐了一口痰，正好落在我的脚边。

"天呀，"男人道歉，"对不住了，老兄。"

我看着他说："没事。"我可不能为别的事心烦意乱。今天绝对不行。我刚刚嗅到新生活带来的香气，没有任何事可以让我失去它。我将要去迎接不一样的生活，去感受它，体味它，如饥似渴地品味它。就算这个家伙吐到我脸上，我一定也就是擦掉而已，继续前行。

没什么能让我心有旁骛。

我不能做让自己后悔的事。

下午，我就赶到了中央大街车站。买了车票，来到了地下一层的二十五号站台。

在站台后面等车时，我感受到火车穿过隧道呼啸而过带来的冷风。寒风在耳际萦回，将我吞噬，渐渐地化成一声单调的、勉强的叹息。

这是一辆旧火车。

破旧不堪。

楼下最后一节车厢里，一个用收音机听爵士乐的老人竟跟我打了招呼（这种事极少在火车上发生）。看来今天的事会很顺利。我感到胜券在握。可火车开动后，我的自信竟然不复存在了。

我开始忐忑不安。

到哈斯威尔后，我站起来下了车。令人吃惊的是，我没费吹灰之力就找到了薇儿家的那条街。通常来说，只要涉及到找路什么的，我就彻底歇菜。

我看着一幢幢房子，猜想着哪一幢房子是豪厄尔街道十三号。

我找到后，发现它和我家一样都是红色的、矮小的砖瓦房。天渐渐暗了下来，我手插兜站在那儿，心里默默期待着。看着眼前的栅栏、大门、修剪得短短的草坪路，我开始担心她是否愿意出来。

人们从车站里不断地涌出来，又不断地在我身边走过。

当和昨天一样的漆黑笼罩着整条街时，我把脸转过来朝着马路，身子半坐半倚地靠着栅栏。几分钟后，她出现了。

我几乎没听见她开门的声响和走过来的脚步声，但我却能肯定她就在我的身后。她冰凉的手轻触了我的脖颈，动听的声音在我的皮肤上滑落，我情不自禁地感到战栗酥麻。

"嗨，卡梅隆，"她说，"谢谢你能来。"我转过身看着她。

"我当然会来。"我说。天呀，我的声音是如此的干涩和嘶哑。

我咧嘴笑着，这一刻，我那忐忑不安的心终于有了安放的地方，并瞬间变得欢呼雀跃。我曾一千次地设想过这样的情景，现在能够亲临其境，我绝对不能搞砸，我不允许自己搞砸。

我沿着栅栏走进大门。我走到她面前，握起她的手放在手心，拿到唇边笨拙而轻柔地吻着她的纤纤玉指和手腕。

她的眼睛睁得大大的。

她的表情越来越放松。

她的嘴角露出了微笑。

"过来。"她说，然后就带我出了大门，走到人行道上。"今晚我们时间不多哦。"我们沿着街道走到一个小公园，我搜肠刮肚地想该说点什么。

啥也没想出来。

我就想起些压根就问不出口的聊聊天气之类的废话。她笑盈盈地看着我，好似在默默地暗示我，最好现在什么都不说，也别想讲些故事来恭维她，或者没话找话来取悦她。她更喜欢这样静静地散步。

我们在公园里坐了好久。

我帮她披上了我的夹克。除此之外，我啥也不敢做。

不说话。

啥也不做。

面对着这样的情景，我的脑子里一片空白，不知道自己在期待着什么。我不知道如何去讨女孩的欢心，对我来说，她就是一个谜。我根本不知道该怎么做，我只知道我想要她。这听起来倒是简单，可我该怎么办呀？我该怎么做才能得到她的芳心？有谁能告诉我呀？

我的麻烦是长期的孤独已经在我身上留下了烙印。以往的我只能远远地看着女孩，几乎没有和她们近距离地接触过。当然，我想要她们，不能真正拥有她们令我痛苦万分。不过这也解脱了我，至少令我没有压力，没有尴尬。比起面对现实的尴尬，幻想一下更轻松。幻想中，我可以肆意妄为地用任何手段征服她们。反正不是真的，我可以自由地去想象。

在现实中，可没什么能安抚你受伤的心，没什么能保护你不会跌倒。在夜晚的公园里我感到从未有过的真实；感到事情完全不在我的掌控之中。这场爱情貌似要悲惨地结束了。

以前，生活好像就是为了泡妞（或者憧憬能泡到妞）。

我从未真正地了解过她们，或者说压根没想了解她们。

此刻，情况截然不同。

此刻，我爱着这个女孩，绞尽脑汁想知道该如何表达爱意。

我想找到一个突破口说点什么。可完全枯竭的思路弄得我一筹莫展。没办法，我只能说服自己相信一切都会柳暗花明，然而，问题不会自己就迎刃而解呀。

没事，我暗暗劝慰自己要冷静下来。我甚至列出了我做对的事。

昨天，我在火车上追到了她。

告诉她我愿意在她家外面等。

上帝呀，我甚至亲吻了她的手。

现在我必须说点什么，而我却无话可说。

"为什么不说话，你个蠢蛋？"我责问自己。

我在心里反复地质问自己。我和她坐在长椅上，心里对自己失望透了，还得琢磨接下来该怎么办？

我张开嘴，可一个词也没说出来。

我只能无奈地对她说："对不起，薇儿，我很抱歉我这么没用。"

她摇了摇头，并不赞同我的话。

她恬静地说:"你不要这样说,卡梅隆。"

她凝视着我,"即使你什么也不说,我也知道你是个志向高远的人。"

此时,黑沉沉的夜仿佛是无边的浓墨,重重地涂抹在天际。暮色像一张厚重的大网撒落下来,笼罩了我。

继续等待

我想起默默无言的时刻和恋爱的情景。

拥有。

拥有。

当你年轻风流的时候，满脑子想的就是怎么能把手放在女孩身上……大家未必都这么想，可他们都这么说，还一定这样告诉你。

然而，对我而言，恋爱不该是这样。我爱听她说话，想了解她。

我想知道。

我该做什么。

我该说什么。

我不想沉默无言地站在那儿。可怜巴巴地不知道自己应该干吗。我想释放自己，渴望摆脱无言的束缚。我想要自由。

然而，和平时一样，我只能继续等待。

你永远不会知道。

或许有一天我可以明白。

某一天，我能够得到这个女孩。

有一天，我可以得到整个世界。

不过，我对此很怀疑。

10

情难两全

　　看着躺在对面的哥哥，我想知道当他发现薇儿和我的事时，他会说什么。我分析了所有的可能性。

莎拉知道。

那晚，我一进屋，正准备从莎拉身边偷偷溜走，顺着走廊奔进我和鲁本的房间时，莎拉立马告诉我，她一看就知道我有点不对劲。

真搞笑！

难以置信啊！

她怎么能如此地确信——以至于我进来的时候，她把手放在我的胸前窃声说："告诉我，卡梅隆，那个能让你心跳得如此快的女孩叫什么名字？"

我诧异地咧嘴笑笑，又震惊又害羞。

"没人啊！"我矢口否认。

"哈。"她笑了一下。

哈。

说完，她把手从我胸前拿开，笑着转身离开了。

"挺好的，卡梅隆。"她一边走一边说，"这是你应得的，你早该得到了，真的。"

她留下我一个人站在原地，回想着暮色降临后发生的事。

没多久，天渐渐变凉了。我和薇儿坐在长凳上，看她冻得直哆嗦，我们只能站起来往回走。有那么一瞬间，她的手指微微地触碰了我的手。

她回屋前说："周日我会去港口，你如果中午来的话，我一定在。"

我急忙答道："好呀。"脑海里，我立刻遐想起蔚蓝的天空，飘忽不定的云彩，温暖的光芒，我看着她吹口琴，看着人们把钱扔进她的夹克里。我仿佛能看到所有的一切。

"卡梅隆，"骤然，她的话让我回到现实，"我会等你。"她的目光投向地面，接着下颚一翘，"你懂我的意思吗？"

我缓缓地点了点头。

她会等我，跟我聊天，接受我与她交往的方式。我猜我们都希望目前的窘境只是交往尚浅所致。

"谢谢！"我说。薇儿不让我目送她进门，她就站在大门口，我每次回头的时候，她总是冲我挥挥手。每一次转身，我都轻声说："再见，薇儿。"直到我拐过路口，独自前行。

我已记不清晚上是如何坐车回家的，因为火车之行覆盖了我所有的思绪。脑海里一直充斥着火车开动时呼哧、呼哧的轰鸣声和车轮撞击铁轨时哐当哐当的声音。我看到自己坐火车回家——那个物是人非的地方。奇怪的是，莎拉为何能洞察这一切。

我不知道她何以感到了我的变化，是因为我在家的异常表现，还是因为我的言谈举止变了。不管怎样，我确实不一样了。

我有要遵守的诺言了。

我拥有薇儿了。

某种程度上，我似乎不再苛求自己，不渴求得到宁静。我只告诉自己要耐心，我们的恋爱进程已经很接近我的理想境况了。

我会为此奋斗，我快要成功了。

深夜，鲁本回家后像平时一样，把自己瘫在床上。

鞋子还挂在脚上。

衬衣也只脱掉了一半。

一股淡淡的啤酒味和烟味儿，还有他常用的廉价古龙香水味儿渐渐地弥漫了房间。其实他大可不必喷香水，不管他啥样，女孩们都会被他征服。

每个周五，鲁本都是这样，鼾声如雷，甜甜地熟睡着。

他像往常一样从不关灯，我不得不起床关了灯。

我们都知道，早上天还没亮，爸爸就会叫醒我们。我知道鲁本也会起床。他看起来一脸倦态，睡眼惺忪，但依旧英俊。哥哥一贯如此的做事方式真让我羡慕。

看着躺在对面的哥哥，我想知道当他发现薇儿和我的事时他会说什么。我分析了所有的可能性，鲁本会根据当时的情形、已经发生的事和未来可能会发生的事来做出不同的反应。我想的可能性有：

他也许狠拍着我的后脑勺，说："你想什么乱七八糟的呢，卡姆隆？"接着再拍一下，"你可不能和你兄弟的前女友干那些事！"一个巴掌接着一个巴掌地打我，这都可能。

或许，他可能只是耸耸肩，没什么反应，不言语、不生气、没表情、没微笑，也没有哈哈大笑。

或许，他可能拍拍我的后背，说："卡姆隆，这事你该收手了！"

或许他会沉默不语。

不！

这不可能，鲁本永远不会沉默不语。

如果他不知道说什么，很有可能他会看着我大喊："薇儿吗?! 真的吗?! "

我会点头。

"真的吗?! "

"是的。"

"真他妈的好，好极了! "

诸如此类的情景一直萦绕在我脑海里。我昏昏沉沉地睡着后，假想的这些结果又齐聚在我的梦中。

第二天早上六点半，我被一只坚定有力的手摇醒。

是老爸。

克利福德·沃尔夫。

"该起床了，"他在黑暗中说，"也把这个懒蛋叫醒。"他一脸笑意地用大拇指捅了捅鲁本。我、父亲还有鲁本都叫对方混蛋，不过别误会，这只是爱的表现。

工作的地点是在海边的勃朗特。

事实上，鲁本和我几乎一整天都听着音乐，挖着房子下面的管道。

午饭的时候，我们全都去了沙滩，老爸照例准备了炸鱼土豆条。吃完后，我和鲁本走到海边去洗掉手上的油渍。

"冷得要死! "鲁本提醒我水温，但自己却掬了一捧水泼洒在手上和脸上，洒进了浓密的褐色头发里。

海岸边，处处可见被海水冲上岸的贝壳。

我不停地拨弄着，留下来最好的贝壳。

鲁本看了看。

问道："你在干吗呢？"

"收集些贝壳呗。"

"你他妈的是伪娘还是啥呀？"他不敢相信地看着我。

"有什么不对吗？"我瞥了一眼手里的贝壳。

"天呐！"他笑了，"你就是伪娘，对吧？"

我冲他笑了笑，捡起了一个干净、平滑、有淡淡老虎斑纹的贝壳。它的中心有个小孔，透过小孔可以看到对面。

"看这个。"我递给他。

鲁本承认道："是不赖。"凝视着眼前的这片大海，哥哥突然说："卡梅隆，你是好样的！"

听闻这话，我只能汗颜地看着海面。老爸哦了一声，示意我们回去工作。我们走过沙滩，回到街上。鲁本和我讲了很多事。而这些事竟然是关于薇儿的。

话题开始得很自然，我问他算没算过自己处过多少个女友。

"真不知道，"他回答道，"从来没数过，也许十二个，抑或十三个。"

好久，只有大家吭哧吭哧挖地的声音。但我知道哥哥此时和我一样在脑海里想着他的诸位女友，幻想着他的手指在触摸着每个女孩。

期间，我忍不住要问。

"鲁本？"

"闭嘴——我正算着呢。"

我没理他，继续追问他。既然开口问了，就不想半途而废，"你为什么要甩了薇儿？"

鲁本停下手中的活，看得出他在心底琢磨该怎么说。他给了我这么个答案："卡梅隆，告诉你实情吧，是她离开我的。那晚她来了，我本预想着她会像其他的女孩一样哭天抹泪的。"他摇了摇头，"可我错了，她只是过来说她不要我了，说我不值得爱。"他耸了下肩，"讽刺的是，她离开时看起来那么迷人，我差点都想追上去。"话毕，他才跟我目光相遇。"这种事以前从没发生过，它就像……我不知道，卡姆隆。第一次我觉得自己错过了一个好姑娘。"

我点了点头，啥也没说，甚至过早地开始干活了。我想到了输和赢的问题以及输和赢之间的细枝末节。当然，我会强迫自己忘了这些。

我很困惑鲁本竟然对此保持平静。如果我是他，和薇儿的分手将把我撕碎，让我一蹶不振。

但只有我才会这么没出息。

对鲁本来说，她的离开意味着下一个辣妹的出现，这没什么不好。现在的问题是茱莉亚带着一堆麻烦出现在他的生活里，他要为此付出代价。

"她和我在一起时，还是一个混混的女人。"他一本正经地说，"一个老大。"

"老大？"我问，"什么样的老大？"

鲁本靠在铁铲上，"你知道那些家伙——流氓、有绰号的、有帮有派的，都是些垃圾。"他冷笑道，好像很盼望和他们一决高下似的。"很明显呀！他的女人不喜欢他，他就想杀了我。天杀的，我真没做错什么。当时，茉莉亚没告诉我这档子事。"

"自己小心点。"我告诉他。从我的语气中，他听出我不喜欢茉莉亚，直接地问我："你不喜欢她，是吗？"

我摇了摇头。

"为什么不喜欢？"

我暗想，为了这个妞，你甩了薇儿。嘴上却说："我不知道。没啥原因，我对她就是没好感。"

"不要担心我。"鲁本回答道。他看着我，露出了他的招牌笑容——意思是一切都会好起来的。"我会平安无事的。"

我把从沙滩上捡来的贝壳带回家，就是那个有老虎斑纹的贝壳。借着从卧室窗户透进来的阳光，我拿着贝壳，其实已经知道该用它做点什么了。

第二天，我把它放在背包里去了中心车站，赶上了去环形码头的火车。渡轮在湛蓝的海水上跋涉着。翻腾的海水先被一分为二，然后渐渐平息。熙熙攘攘的码头上有很多良莠不齐的街头艺人。我找了好一会儿，才看到我的薇儿。她正站在通往洛科斯的人行道上，路人为她驻足，周围的人们啧啧称赞，大家都被她悠扬的口琴声深深地吸引了。

我走到那儿，她正巧吹完一首歌，人们纷纷把钱放进她摊在地上的旧夹克里。她对人们微笑道谢，人群渐渐散开。没看见我已经来了，她吹起了另一首歌，身边很快又聚集了一些人，但没有刚才人多。柔和的夕阳照着她波浪式的卷发，当她的红唇滑过口琴时我几乎神魂颠倒了。我的目光落在她的颈上，她柔软的法兰绒衬衫上。透过人群的缝隙，我偷看着她美丽的臀部和修长的腿。从美妙的旋律中，我似乎听到她在说："好的，卡梅隆，我可以等待。"我似乎听见她最初踌躇，旋即不假思索地说："他是个有深度的男人。"

我走过去，穿过人群。现在我是这世界上距离薇儿最近的人。我屏住呼吸，慢慢蹲下，跪在她的面前。

我的脉搏跳动得越来越快。

我的喉咙好像在慢慢燃烧。我取出包里的那只贝壳，温柔地放在洒满钱的夹克上。阳光照在贝壳上面，很漂亮。我准备转身穿过人群回去时，音乐声在演奏的中途戛然而止了。

万籁俱静。我转过头，仰视着面前的这个女孩。

她蹲了下去，把口琴放在那些零散的钱上，拿起了贝壳。

她把它托在手心，慢慢地、轻轻地印上双唇。

她的右手轻扯我的夹克，将我拉向她，她吻了我！呼吸着她的呼吸，她柔和、温暖、湿润的红唇热情地紧裹住我，渐渐合二为一。一阵突兀的声响飘进耳朵，我好奇地想找到声源，然而不过一瞬，我又完全陷入了薇儿的浓情蜜意里。我们跪在一起，缱绻纠缠着彼此的唇瓣，我的手轻轻按着她的翘臀，她的手温柔地摩挲着我的脸颊，就这样激情无限地吻着！

周围依旧是热闹的人群，熙攘的人声将我们与世界的喧嚣隔离，像是一堵透明的墙。

这声音明净清晰而又动人。

这，是人们的掌声。

鼓掌

掌声是如何发出的？

只是由于皮肤之间的快速撞击？为何它能使人心潮澎湃？为何它既能败坏兴致，又能振奋人心？

也许，这是人们用双手能做的最高尚的事之一吧。

咱们一起想想吧！

人们可以双手握拳。用拳头去打架，去偷东西，去伤害彼此。

人们吝啬赞扬，鼓掌则给人们可以站在一起赞扬别人的机会。

我想他们是为了留住记忆。他们让时光停滞，让我们记住这些美好的时刻。

11

我的心里只有你

　　"我不想要鲁本，也不想要其他的任何人。"她的目光平静却坚定，就像要把我淹没，"我只想要你。"

"这是我得到过的最好的东西。"薇儿说。她一边把贝壳拿起来，一边透过那上面的小孔看着我。然后她再一次吻了我，先是我的唇，轻轻的，又滑到我的脖子。她在我耳边轻声说："谢谢你，卡梅隆。"我喜欢她的唇，尤其喜欢看阳光映射在她的唇上，映出她优美的笑容。当她和鲁本在一起时，我从没看过她笑得这样幸福灿烂过，我也希望她不会冲着其他任何别的男人这样微笑。这是专属于我的笑容，我已经控制不了内心的冲动、欲望和对她的迷恋。

围观的人们已经散去了，我们把薇儿的夹克捡起来并收好钱。只有五十六块多。在我夹克的左兜里，还有曾经为她写下的所有的话，有一些是她刚刚演奏时我写下的。我紧紧攥着它们，就好像怕它们溜走似的。

"我们走吧。"她说，然后我们就开始沿着水流穿过小桥。水中倒映着云朵的影子，就像是阳光忘记堵住的缺口。她紧紧挨着我，还在专心欣赏着那个贝壳，我感觉心在欢快地跳动，就像有人用手指挠我的肋骨一样。一旦心跳慢了下来，就会有一种力量强迫着它重新快速地跃动。而我，喜欢这种感觉。

我们就坐在桥下的墙边，薇儿伸着长腿，而我蜷着双腿，膝盖顶在胸前。我默默地注视着她，阳光照在她的皮肤上，她的头发自然地下垂，遮住了半边脸颊。她的一切都给我一种甜蜜的感觉。她有一双墨绿色的眼睛——那是一种可以在阴雨天给人遮风挡雨的颜色；她有着小麦色的皮肤和一笑就会露出整齐牙齿的笑容——那是一种她只要微笑，拥挤的人群就会自动退向一侧的笑容（当然，我以前并未发现她的这种魔力）；她有着光滑的脖颈，小腿处有些轻微的擦伤；她拥有那么完美的膝盖和臀部。我喜欢女孩的臀部，尤其是薇儿的。我喜欢……

我们之间又开始了沉默。空气仿佛凝固了一般。就只剩下水流冲击着墙角的声音，最后，我终于控制不住，打破了沉默。我望着薇儿轻轻地说："我只是想……"

说不下去了。

好长一段时间的安静。

我可以感觉到她也想要说些什么。我可以从她的眼神，从她轻微触动的嘴角感觉到这点。她非常渴望说些什么，但是又憋了回去。我只好继续我还未说完的话。

"我只是想说……"我清了清嗓，但是声音依旧有些不对劲。"谢谢。"我只是想说谢谢。

"为什么？"

我踌躇地说："因为你需要我。"

她扫了我一眼，实际上只是她的目光短短地在我的身上停留了几秒钟而已。她用手指摸着我的手腕，这样我的手也恰好能够顺势握着她的手。然后她十分仔细认真地说了以下这些话。

她先笑了一下，平静地说："我喜欢你的头发，卡梅隆。我喜欢它们，因为你不管怎样想把它们压下去，它们却依旧直直地竖在那儿。这是你唯一隐藏不了的东西。"她叹了口气,"但是,除了你的头发,你把自己其他的一切都藏了起来。它们被隐藏在你规规矩矩的步伐中;隐藏在你平平整整的夹克衣领下;隐藏在你尴尬而紧张的笑容里。你的那种笑容比杀了我还令人难受。"

我看着她,没有说话。

"你真不知道我想要什么吗?"她又问了一遍,甚至有些发急了。

"不知道。"

"好吧,不知道就算了,但是……"

"但是什么?"

"你难道看不出来吗?"她握紧了我的手。"我不只是想要那些!"她的脸上浮现了一丝勉强的笑容,"我想要的是更多地去了解你,卡梅隆,那才是我想要的。"

我再一次听见了水流的声音。一浪一浪涌上来,拍打着河岸,在被弹回去之前,狠狠地撞击着墙角。

最后,我点点头,暗下决心。

解决问题只有一个办法,我要行动了。

我站起来,走到水边,然后转过身。

那座小桥就在我的头顶上,桥下的我显得那样渺小。

我在距离她十米远的地方蹲下,望着她。

开始向她介绍我的一切,她想要了解的一切:"我叫卡梅隆。我以前总是在说我想要完完全全地拥有一个女孩,拥有她的灵魂、她的思想、她的精神,但是实际上,我却从未真正走近过一个女孩——甚至,我都很少接触女孩。我没有朋友。我始终活在我哥哥们的阴影里——一个哥哥一心一意只想成功;另一个一直在努力地用他睿智的头脑、真诚的笑容，以及超凡的能力让其他人都喜欢上他。我也希望我的姐姐不是那种随处可见，涂着廉价口红却依旧遮不住满嘴酒味的人。周末，我和父亲一起工作，我的手就会弄得脏兮兮的，还会磨得起满水泡。我会想起有性场景的电影，我也会想起各式各样的女生：我在学校里看到过的女学生，女模特，一两个美女老师，广告里的女明星，日历上的女生，电视节目中的女生，或者是那些有着完美的妆容，穿着职业套装或制服，坐在火车上读着厚厚的一本书，浑身散发着令人窒息的香水味的职业女性。我经常绕城市而行，当我这样做的时候，就像是找到了精神的归宿。我的确很喜欢我的哥哥鲁本，但是我却憎恨他对待女人的方式，尤其是他对待像你这样的好女孩的方式。我觉得你们这些好女孩应该对他了解更多一点之后再和他约会。我十分佩服沃尔夫太太，是她把我们团结在一起，是她拼了命地工作赚钱。她付出得太多了，我希望有一天可以给她一些十分美妙的东西作为回报，比如让她坐着飞机的头等舱，想去哪儿玩就去哪儿玩，只要是她想去的地方……"我喋喋不休地说了这么多，终于喘了口气，却忘了接下来要说些什么了。

我不说话了，站起来，因为我的腿蹲得有些酸了。我慢慢地走向薇儿，她正用胳膊环抱着有伤痕的小腿坐在那里。

"我……"

我又一次顿住了。我向她走过去，在她面前蹲下，我感觉到刚才已经蹲麻了的腿恢复知觉了。

"怎么了？"她问，"那是什么？"

有那么几秒钟，我还在怀疑自己到底要不要这么做。但是在我要阻止自己之前，我已经把手伸进了兜里，把那一堆纸都拿了出来。我把这些纸递给她，就好像把我的所有都交到了她手上。纸上写着我想说的全部的话。

"这些是我想告诉你的，"我一边说一边把纸放在她伸开的手中。"打开它们，看看吧。它们会告诉你，我是一个什么样的人。"

听了我的话，她打开了最小的一张字条，也就是我写的第一张纸条。但是她仅仅读了开头，就又把纸拿还给我，温柔地问："卡梅隆，你能亲自读给我听吗？"

那一瞬间，我的思维停滞了。微风在我们之间游荡，我再一次坐在了她身边，开始给她读我在第一章中写下的那些话。

"城市的街道整齐地排布，好像陈列着一个个触目惊心的真相。我沿街漫步。有时，这些街道也会在我的脑海中游荡……"我慢慢地，真诚地读着每一页，现在的感觉就像是当初我写下这些文字时的感觉一样真实，这些情感仿佛就要从我的身体中溢出来一样。当我读到最后一部分的时候，我提高了声调。"是的，当这一切结束的时候，我也希望可以拥有她的一切，就像我一直渴求的那样。但是现在，幸福正在向外扔着石头，它守护着它自己，不让我靠近。而我，只有等待。"

当我念完的时候，我们两人又一次陷入了沉默。纸张折叠的声音听起来就像是撞碎了什么东西。

一种莫名的感动之情划过她的面颊停留下来。

她沉思了一会儿，然后温柔地问："你以前从来没有接触过女人？"

"没有。"

"一直到我之前都没有？"

"没有。"

"你可以帮我一个忙吗？"她问。

我看着她，点点头。

"你可以牵我的手吗？"

我牵起薇儿的手，感受着她手上的每一寸肌肤，她慢慢地向我靠近，把头靠在我的肩膀上。她把腿压在我的腿上，用她的脚钩住我的脚踝，她整个人就挂在了我的身上。

"我从来没有想过，有一天我会给某一个人看这些话。"我轻轻地说。

"它们很美。"她在我耳边温柔地说。

"我觉得还好……"

很快地，她就移到了我的面前，交叉着腿，看着我，让我把写完的东西都读了出来。当我读完的时候，她握着我的手划过她的小腹，停留在她的臀部。"你随时都可以拥有我，卡梅隆。"她说，然后她又一次用她的唇封住了我的嘴，就像是整个人都融化在了我的嘴里。那些纸还在我的手里，挤压着她的臀部，我甚至可以感觉到她在我上面，就像要把我吸进她的身体里一样。

好久，我们才站起来。薇儿歪着头，严肃地问了我一个问题。

她斜着身子，问我："你想让自己变得更高一点吗？"

"变高？"我有点丈二和尚摸不着头脑。

"是啊。"她面带着狡黠的、自嘲的微笑说。

后来，当我俩掉头回到市中心，登上全市最高的那座塔时，我才领悟到她的意思。

我们走进电梯，坐到最顶层。那里有一些款式十分前沿的英式高尔夫球，还有带着几个孩子周末出来散心的一家人。其中有一个小孩一直不停地踩我的脚。

"小混蛋。"我差点脱口骂出来。如果是我和鲁本一起来的话，我百分之百会骂出口。但是现在和薇儿在一起，我就只好忍了，看着她，向她示意我的想法。她也点头回应我，就好像在说："真是个小混蛋。"

爬上去后，我们就把整个最高层逛了一圈，我向下俯瞰，不经意地搜寻着我家。想象着家里面正在发生着的一切，真心希望并默默祈祷，祝愿那里一切安好。我把祝愿慢慢延伸到塔下面凡是我能够看到的所有的人们，就像我通常在向上帝祈祷时做的那样，尽管我不知道上帝是谁，也不知道上帝在哪里，但是我希望他能保佑所有人都幸福平安。我站在那里，轻轻捶打我的胸口，脑袋里一片空白。

我身边的这个女孩，上帝啊，特别是我身边的这个女孩，请您保佑她一切顺利吧。好不好？好不好，上帝？

就在这时，薇儿发现了我在用拳头敲打自己的胸口。全能的上帝没有给我答案，身边的女孩却问了我一个问题。

"你在干吗？"我知道她感到非常蹊跷，因为她正在用那双充满好奇的大眼睛盯着我的脸。"卡梅隆，你在干什么呢？"

我依旧俯视着下面这个错落有致、逐渐蔓延的城市。"我在祈祷一些事情，你懂吗？"

"你祈祷什么？"

"就是祈祷诸事顺利之类的俗事。"我停了停，继续说道，确切地说是笑着说道："我已经将近七年没有去过教堂了……"

我们在塔楼上面待了一个多小时，就这样来回走着，鸟瞰整个城市的风景。

"我经常到这上面来，"她说，"我喜欢这种高高的感觉。"她甚至沿着铺着地毯的台阶一直爬到最高处的窗台上，站在上面，透过玻璃往外看。"你要上来吗？"她问。坦白讲，我真的很努力地试了，但是不管怎样，我都做不到像她那样自然地依靠着玻璃。我总感觉自己会从塔上掉下去。

所以，我只好坐在那儿。

过了几秒钟，她跳下来，发现我并没有爬上去。

"我是想要上去的。"我说。

"爬不上去也没关系，卡梅隆。"

事实上，有些事情对我而言是有关系的。我知道我迫切地想问一些事情，我也确实问了。我对自己发誓，这是我最后一次问这样自降身价的问题。

因为我一直听她说她以前经常到这儿玩，所以我问："薇儿，你之前是不是也带鲁本来过这里？"

她慢慢地点点头。

"但是，他能够靠在玻璃上向外看，"我自言自语地回答着自己的问题，"是不是？"

"是的。"她又点了点头。

我不知道为什么，但我觉得这件事对我很重要。它真的很重要。我觉得自己就像一个失败者，因为我哥哥能够靠在那块玻璃上，而我却做不到。这让我在某种程度上感到很绝望，认为自己连他的一半都赶不上。

他能够倚在玻璃上，而我却做不到。

他拥有那么耐看的脖颈，而我没有。

因为……

"它并不意味着任何事情。"她打断我的胡思乱想，"至少对我而言，那不代表任何事。"她想了一会儿，然后面对着我说："他是能够靠在窗户上，但是他从来没有带给我你所给我的那种感觉。他从来没有站在我家屋外默默注视着、守候着我。他从来没有像你给我读那些纸一样，告诉我那么多的真心话。他更不会给予我一些他从不会给予别人的东西。"她挣扎着不想再解释更多，但忍不住还是继续说了下去。"我和你在一起的这几次，我甚至都觉得我有些不像自己了，你知道吗？"她看着我，"我不想要鲁本，也不想要其他的任何人。"她的目光平静却坚定，就像要把我淹没，"我只想要你。"

我低头看着我的鞋子，然后抬起头看着她，我的薇儿。

"谢谢！"我说，但是她用手捂住我的嘴巴，不让我继续说下去。

"你要永远记住这些话，"她说，"好吗？"

我点了点头。

"回答我。"

"好的。"我说出来了。感受着她冰冷的手抚摸着我的脖子、我的肩膀、我的脸颊。

有时你俘获了女孩的芳心——
有时女孩偷走了你的心

在我心中总有这样一幅情境。我攀到最高处，斜倚着玻璃。它却碎裂了，碎成一片一片，掉下去了。

巨大的力量将我从没有玻璃的窗户推了出去，我以一种超乎想象的速度向地面坠落。

我看到了世界的宽广。

越跌向地面，我的速度就越快。我看见所有我认识的人和所有我知道的事情在我的周围旋转着。有鲁本和史蒂夫，有莎拉、爸爸和沃尔夫太太，有凯斯和米菲，有极具挑逗性的茉莉亚（那个清洗工）。甚至连理发师也在，他剪掉的头发散落在我的周围。

但是我的脑海里只想着一件事。

薇儿在哪里？

当我离地面越来越近的时候，我发现我要坠入水中。咸咸的，泛着绿光的水呀，它是那样的柔滑，直到我跌落下来打破一切。

我掉入水中，慢慢下沉。我被水团团围住了。

我要淹死了，我想，我快要溺水而死了。

但是我依旧在微笑。

12

无情的真相

我吃惊得嘴巴都合不上了。那种感觉就好像是史蒂夫将手伸进了我的身体，扼住我的脉搏。

那晚回家之后，我和鲁本又和往常一样带着米菲去散步。米菲的状态却不怎么好，它的咳嗽声很沉闷，就像是从肺里发出的声音一样。

我们回来后，问凯斯是否需要把猎犬带去看兽医。

"我看它这可不像是被毛球卡住了。"我说。

凯斯的回答言简意赅。"是的，我当然知道不是。它的身体状况看起来有点糟糕。"

"是非常糟糕。"

"嗯，以前它也出现过这样的情况，"凯斯解释道，他满怀希望地接着说，"但也不算是什么很严重的事。"

"那好吧，有什么事就和我们吱一声，行不？"

"好的，再见，伙计们。"

我沉思了片刻。心想，不管我和鲁本平日怎样抱怨这只叫米菲的狗，我们心里清楚地知道如果它出了什么事，我们会很想念它的。这个世界就是充满很多这种可笑的事情——有些东西，它们除了惹恼你之外什么用处也没有，但是一旦你失去它们的时候，却还是会很怀念的。米菲，这只波美拉尼亚小狗对于我们而言就是如此。

随后，我和鲁本在休息室歇息，我已经错过了好多次告诉他关于我和薇儿的事情的机会。

现在得抓住机会，我告诉自己。就趁现在告诉他一切吧。

但是，我依旧没能说出口，我们还是一言不发地坐在那儿。

第二天晚上我去拜访史蒂夫。我有好一段时间没有见到他了，倒是真的有些想他了。很难准确地说我们之间是一种什么感情，我好像天生就很愿意和史蒂夫在一起，据说从很小的时候开始就是这样的。当然，我们比过去聊得更多了，但其实也没有什么话说。

我到他家的时候，只有莎尔一个人在家。

"他一会儿就能回来，"她不冷不热地说，"你想要点吃的或者喝的吗？"

"不用了，这样就好。"

这次她让我觉得自己很不受欢迎，就好像她就要忍受不了我了一样。她的表情就像是对我说：

"失败者。"

"下流的小杂种。"

我确信，在我和史蒂夫彼此达成共识前，他肯定会向莎尔讲他那两个失败又混蛋的弟弟们的"英雄事迹"。在我们住在一起的时候，他就一直都很看不起我和鲁本。我承认我们确实做过一些愚蠢的事情：偷路标，打架，在赛狗场赌博……这些确实不合史蒂夫的性情。

十分钟之后，史蒂夫回来了，他笑着打招呼道："嘿，好久不见了！"起初，我还以为他在和我说话，我也微笑地回应他，后来我才发现他原来是在和莎尔打招呼。莎尔最近一直在各地出差，刚回到家。史蒂夫走过去亲了亲莎尔。然后他才意识到他弟弟正坐在沙发上。

"嘿，卡梅隆！"

"嗨，史蒂夫！"

我能够看出来他们想独处一会儿，所以我待了几秒钟就站起来要走。昏暗的饭厅里，依稀可见的厨房的灯光包围着他们。

"嘿，你们忙吧，我改天再来。"我说得很快，我只想快点离开这里，不想再在这儿受罪了。让我感到气愤的是，莎尔粗鲁地说："你最好不要再来了。"

我快走到门口的时候听见了这些话，后背一阵发冷。我转过身，史蒂夫就站在我的背后。他表情严肃地说道："你没有必要走的，卡梅隆。"

我看着我哥哥，说："别担心。"随后我就转过身，什么也没多想地离开了。至少我现在还有其他地方可以去。

现在真的还挺早的，所以我决定跑去车站，坐火车去哈斯威尔。我看着火车窗子上自己的影子——我的头发又长了，显得蓬松杂乱。从窗户上的倒影看我的头发，它们显得乌黑发亮，第一次，我觉得我有点喜欢它们了。随着火车的晃动，我逐渐地开始正视我自己。

薇儿家所在的那条街淹没在黑暗中。房子里透出的灯光像火炬上的星火一样。当我轻轻地闭上眼睛，又再睁开的时候，看到这些房子就像正在黑暗中跌跌撞撞地寻找前行的道路。我随时都在等着那些灯光可以暗一些，这样，人们的影子有时就会透过灯光映在前门上。

有时，我想象着自己走过去敲门，但是实际上我还保持着耐性，老实地站在屋外。出于某种原因，我觉得现在走进去似乎不是明智的举动。至少现在还不行。相反，我迫切地渴望她可以出来，这样就皆大欢喜了。但是我知道即使一眼都看不到她我就得离开，我对自己这趟白跑也毫无怨言。我甚至可以为一个完全忽视我的女孩这样做，更何况现在是薇儿。

就在那一瞬间，我突然想到了那个格里贝女孩。她就像窃贼一样突然钻进了我的脑子，然后什么话也没说就消失了。就像是对我过去行为的一种羞辱。她突然就出现在脑海里，最终却只留下我自己陷入沉思。我突然感到好奇，我是怎么可以做到在她家屋外傻傻地站那么久？我甚至开始嘲笑我自己。可是就在几分钟后，当薇儿拉动了一下厨房的窗帘，然后走出来看见我的时候，这种影像和想法就完全消失了。

还没来得及说话，我第一眼便发现她用项链把我给她的那个贝壳串起来挂在了脖子上。

"它看上去真好看。"我伸出手把贝壳托在右手上，点头说道。

"确实很好看。"她也这么说。

我们去了我第一次来时去的那个公园，但是这一次我们没有坐在那个已经裂缝的长椅上。我们沿着挂满露水的草地散步，最终停在了一棵老树下。

"给你，"我一边说着，一边把前一天晚上躺在床上写的话拿给薇儿，"它们是因你而生的。"

她认真地读着这些字，然后一边吻着这些纸张，一边紧紧地抓着我。我告诉她我喜欢她吹口琴的声音。这些话用尽了我所有的勇气。我不能待得太久了，因为我得回家。能够看见她，摸摸她，告诉她这些话，这已经让我感到很幸福了。

我们走回薇儿的家，我吻了吻她，转身离开。

"这个周末见面吗？"她问。

"当然了。"

"我会打电话给你的。"她说。

我走在回家的路上。

到家的时候，我十分惊讶地发现史蒂夫正在门廊上站着等我。

"我真想知道我需要在这儿等你多久，"看到我回来，他突然冒火了，"我已经在这里等了你一个小时了！"

我走过去问："等我，不会吧？你为什么要来？"

"走吧，"他站起来说，"回我住的地方去。"

"我刚到家，我要……"

"我已经告诉爸妈他们了。"

史蒂夫的车远远地停在街边，上车后，我们几乎没说几句话。我打开收音机，却不记得放的是什么歌曲了。

"这到底是怎么回事啊？"我奇怪地问。我看着史蒂夫，但是他的眼睛却死死地盯着马路。我甚至都怀疑他到底有没有听见我说话。他盯着我看了一两秒钟，却什么话也没说。他好像还在等着什么。

当我们下车的时候，他说："我想让你见个人。"他砰的一声关上车门，"或者说，实际上是想让她见见你。"

我们爬上楼梯走进他的公寓。里面空无一人。

"看来，她好像在洗澡，"他说道，然后站起来冲了一杯咖啡放在我面前。杯里还有漩涡，里面映着我的倒影。

起初，我还以为我们会像往常一样谈论一些关于家里人的琐事，但后来我发现他已经决定今天不和我聊这些了。他刚刚回过家，亲自了解了家里人的情况。制造话题不是史蒂夫的风格，所以我只好随便找找话题。

我已经有一段时间没有看过史蒂夫踢足球了，所以我问他最近怎么样。他正解释到一半的时候，莎尔从浴室中走了出来，还在擦着她的头发。

"嘿！"她和我打招呼。

我点头，冲着她微笑。

就在这时，史蒂夫站起来看了看我，又看了看她。我知道我以前的猜想被印证了，他的的确确曾经告诉过莎尔关于鲁本和我的故事。不知为何，我坐在哈斯威尔公园的长凳上时就曾猜想过这件事情。我甚至可以预想出史蒂夫曾经用他那低沉的声音讲述着他多么想和他的兄弟们脱离关系。现在他要重新讲述这些事了，或者至少应该说是终于要摆正事实，改正错误了。

"站起来。"史蒂夫对我说。

我照他说的做了。

他接着说："莎尔，"我和莎尔互相看着对方，等着他继续说下去，"这是我的弟弟，卡梅隆。"

我们握了握手。

我粗糙的手摩挲着她光滑干净、充满肥皂香味的手。我想这个味的肥皂是那种我永远不会去的旅馆中才会有的东西。

她用双眼重新审视着我，现在我是卡梅隆，而不再仅仅是史蒂夫的一个失败的弟弟。

那晚在回家的路上，史蒂夫和我聊了很多，但都是关于一些小事的话题。中途的时候我打断他，问道："当你第一次和莎尔提到我和鲁本的时候，你说我们是失败者。你告诉她，你为我们感到羞辱，对不对？"我知道这些话很尖锐，但是我很努力地保持着声音的平静，甚至没有表现出一丁点指责的意思。

"不对。"他否认。就在这时车子已经停在了我家屋外。

"不对吗？"我可以看到他眼中的羞愧，第一次，我看到了他为他自己感到羞愧。

"不是的。"他很肯定地说。然后他似乎压抑不住对自己的愤怒，"不是你和鲁本，"他的脸上露出一副很受伤的表情，他解释道："只是你而已。"

天啊！

天啊！我吃惊得嘴巴都合不上了。那种感觉就好像是史蒂夫将手伸进了我的身体，扼住我的脉搏。我的心脏也被他攥在手里，被他死死地盯着。仿佛他也能看到我滴血的心一样。

我的心狂跳不止。

我甚至能清晰地感觉到心被压扁，又鼓起来。

我对史蒂夫刚刚说出的这个秘密只字未语。

我只是快速地解开了安全带，平复了一下心情，以最快的速度走下车。

史蒂夫跟着我下来，但是已经太迟了。我听得见他的脚步声紧跟在我身后，但是我已经迈进大门了。

他边走边大喊道："卡梅隆！"

"卡梅隆！"我马上就要进屋时听到他大喊，"对不起！"他的声音更大了，"卡梅隆，我错了！"

我躲到门后，插上门，然后转过身看向门外。

史蒂夫手指的影子映在前窗上，它们安静地一动不动，在灯光的照射下仿佛凝固了一般。

"我错了。"他又说了一遍，虽然这次的声音微弱了好多。

一分钟过去了。

我决定打破这种局面。

我慢慢地走到门口，打开门，看见哥哥站在纱窗的另一侧。

我停了一下，然后说："忘记这些事吧，"我说："没关系的。"

我依然觉得受伤，但就像我说的，这件事已经无所谓了。以前我也总是受伤，现在只不过是再受伤一次而已，没什么大不了的。史蒂夫一定后悔了——后悔还不如不向莎尔解释我并不是她想象的那种失败者。他成功地让我知道了在他史蒂夫的眼中，我这个弟弟就是一个可怜的失败者，而且我是他眼里唯一的一个失败者。

一想到这些，我又感觉像被人捅了一刀似地疼痛。

但是很快有一股暖流流遍我的全身，让我就有了一种解脱感。我的思维本来已经完全混乱了，直到一句话在我耳边响起，一直在耳边陪着我。

"你还有那些在纸上写下的话和薇儿呢。"

对，就是这句话。

这句话让我变得平和。

它拯救了我，我轻声地对史蒂夫说："别担心，哥哥。我并不需要你告诉莎尔，我不是一个失败者。"我们之间还隔着纱窗。"我同样也不需要你对我说这些。我知道我自己是一个什么样的人。

我相信我自己看到的一切。也许有一天我会告诉你更多的关于我的事情，但是现在，我想我们还是等着吧，看看会有什么事情发生。我距离自己想要成为的那个人还有很远的距离，而且……"我可以感觉到我心中有一股力量，我常常会有这种感觉。我停了下来，透过纱门看着他的眼睛，让他镇定下来。"你听过小狗哭吗，史蒂夫？你知道吗，那是一种撕心裂肺的嚎哭，那简直是常人无法忍受的。"他点了点头。我继续道："我认为它们那样地嚎叫是因为它们有一种渴望，这让它们很受伤。那似乎也是我每天生活的感觉。我太渴望成功，或者说是太想成为一个了不起的人。你听得见我说的话吗？"他又点点头，我接着说道："我不会被轻易打倒，不会被你打倒，也不会被任何人打倒。"我终于说完了。

"我渴望成功，史蒂夫。"

有时我会觉得这是我说过的最好的话。

"我渴望成功。"

然后，我就轻轻地关上了门，没有很用力，没有响声。

你当然不会在一条狗已经死了以后还向它开枪的，白费力气而已。

当一条狗哭泣的时候

我曾经看到过一条狗哭。

那是一个狂风大作的夜晚，大风就像是要撕裂开大地一样，暴雨也在空中肆虐。头顶上方电闪雷鸣。

街上除了这条狗什么也没有。它走在如此荒凉、危险的城市街道间，用爪子无声地挠着地面。它看起来那么饥饿、绝望。终于，它停下来，站在那里，就这样开始了。

它的毛都竖了起来，它疯狂地向上面爬去。发自内心，来自本能地，它开始哀嚎。

它的嚎叫声压住了这怒吼的雷声，盖过了这疯狂的闪电，凌驾于这咆哮的风声之上。

它的头昂向无边无际的天空，它那撕心裂肺的嚎叫声贯穿了我的身体。

那是我内心的渴望。

我的骄傲与自尊。

然后，我笑了。

即便是现在，我的眼里也还露着微笑，那是因为我的内心有着强大的追求和渴望。

13

破碎的手足情

我平躺在厨房的地板上。

满身伤痕，浑身湿透。

筋疲力尽。

我闭上眼睛，又再睁开。一切都显得那么
不真实。

这天是星期三的晚上，刚过七点钟，电话铃突然响了起来。

"喂？"

"是鲁本·沃尔夫吗？"

"不，我是卡梅隆。"

"那，"电话那头用貌似友好实则充满恶意的声音继续说道，"你能让鲁本来接一下电话吗？"

"好的，你是哪位？"

"我是无名氏！"

"无名氏？"

"听着，伙计。快点让你哥哥来接电话！不然我们也照样会打得你满地找牙！"

我吓了一跳。下意识地把电话扔到一边，镇定了一下，然后又拿回到耳边，说："我去找他，等一会儿，先别挂。"

鲁本正和茱莉亚待在我俩的房间里。我敲了下门就走了进去。

"什么事？"鲁本问。看见我闯进来，他显然不太高兴，当然茱莉亚也是。她慌忙整理着衣衫。

我往前凑了凑，说："有人打电话来找你。"

"找我？"鲁本问。

我点了点头。

"谁打来的啊？"

"我看起来很像你的秘书吗？赶紧起来去接电话！"我突然有点烦躁。

他不可思议地看着我，然后不情愿地站起来走出去接电话。屋里只剩下我和茱莉亚两个人了。

"嗨，卡梅隆。"

"嗨，茱莉亚。"

她靠我近了点后微笑着对我说："鲁本跟我说你并不是很喜欢我。"

我向后移了移回答道："哦，嘴长在他的身上，他愿意怎么说就怎么说吧。"

茱莉亚也感觉到我对这些事情根本没有兴趣，但她还是继续问道："那他说的是真的吗？"

我回答说："呃，我也不知道。老实说，不管鲁本做什么，说什么，和我一点关系都没有。但是我可以肯定，不管电话那头想弄死他的人是谁，肯定和你有关系。"

茱莉亚大笑道："鲁本是个大人了。他懂得怎么照顾自己的。"

我说："这话不假。但他也是我的兄弟，我是绝对不会让他一个人去冒险的。"

"你真是高尚啊！"

鲁本回来了，边走边说："卡梅隆，我不知道你和电话那头的人说了什么，可是根本就没人接电话。"

"我告诉你。"我一边说着一边把鲁本推出屋。到了走廊里，我轻声对他说："刚才的确有人打电话找你的，而且听上去就像是要置你于死地的架势。所以，如果电话铃一会儿再响，你要赶紧起来去接电话。"

电话果然又响了，这次，鲁本迅速地跑出屋接了电话。但是对方又挂断了。第三次鲁本接起电话的时候，他对着话筒大叫："你快点给我说话！如果你想找鲁本·沃尔夫，我就是！所以，快说话！"

电话那头还是没有声音，但是直到那天晚上，电话也没有再响。在茱莉亚离开后，我能看得出来，鲁本有些小小的担忧。因为他也和我一样觉得肯定会有事情发生。我们坐在房间里互相看着。通过他的眼神，我知道他在告诉我，一场硬仗在所难免。

他就坐在他的床上。

"我猜你那个不好的预感是对的，"他开始说道，"肯定和茱莉亚有关，应该是她上一个男人。"鲁本看上去并不害怕，因为我们都知道他会处理好的。他是我们街坊里最让人喜欢，也是最令人惧怕的人。现在最令人不安的是一切都不能确定。总之，就是一种感觉。而且我知道鲁本也有这种感觉，我能够察觉得到。

"你问过那个女人吗，叫什么来着，关于她上个男人的情况？"

"茱莉亚？"

"啊，对。"

"她认为她和那个男人之间并没有什么激情，那个男人的朋友太多，总是出去聚会。他们在一起也有将近一年的时间了。"

"然后呢，她就把他给甩了？"

鲁本看了我一眼，说："差不多吧。"

"因为你而分手的？如果她真的是因为你才离开他，那么那个男人肯定是丑八怪外加大混蛋。"

"别自作聪明了，"他打断了我，"……我在考虑是不是要先下手。但是如果你先下手，通常会以失败而告终。到时候他们就会领着一帮'视死如归'的兄弟们反过来找你麻烦。"

我们安静了下来，都在考虑这件事情。

"如果真的发生了什么事，"我终于说道，"让我和你一起上，好吗？"

鲁本点点头，"谢谢你，弟弟。"

第二天晚上，电话铃又是这个样子响了一阵。第三天晚上也是。

就在周五晚上，第三个电话打进来的时候，鲁本拿起电话就大声喊道："你到底想怎样！"

可是他突然安静了下来。

"是的。"鲁本停顿了一下，"是的，对不起。"他看着我，耸了耸肩。"我这就把电话给他。"他把听筒拿到一边，然后按住了话筒。"是找你的。"他想了想，把电话递给了我。可是，他在想什么呢？

"你好？"

"是我，"她说。她的声音穿过话机进入我的耳朵，温柔动听，"你明天要工作吗？"

"工作到下午四点半。"

她考虑了一会儿，说道："哦，也许你下班之后我们可以一块儿干点啥。我知道有一家老电影院。我想他们应该正在放映《愤怒的公牛》。"她的话语温柔而热情，她的声音令我兴奋，让我颤抖。

我忍不住笑出声："就这么说定了！"

"我过四点半就过来。"

"好，明天见！"

"我得挂了。"她差一点就要打断我的话。她也没有说再见，而是说："我会看着时钟盼着明天的约会。"然后，她就挂了电话。

等我挂了电话，鲁本就问起是谁打来的。我知道他一定会问的。

"谁呀？"他咬了一口苹果，"她的声音听起来很耳熟啊。"

我向鲁本身边凑了凑，坐到饭桌旁，然后咽了口吐沫，又做了一个深呼吸。时机到了。就是现在。我已经不得不说了。"还记得薇儿吗？"

鲁本没有回答我的话。

水龙头滴答滴答地滴着水。

水滴落在水槽中，溅出水花。

鲁本又咬了一口苹果之后似乎才突然意识到我说了什么。

他歪着头吞下了整片苹果。我不知道他心里在盘算着什么。天啊，我不知道到底会有什么事情发生。

真的有事发生了。

鲁本走过去拧紧了水龙头，然后转过身对我说："好样的，卡梅隆……"他突然笑了起来。

这是善意的笑还是恶意的笑呢？这是一种好的预兆还是坏的呢？我也说不准，只能等着他继续。

"你什么意思？"我问。我已经等不及了。

"跟我说说吧。"

我小心翼翼地开始告诉他所有发生的事情。我告诉他我在格里贝以及站在薇儿屋外的事。告诉他薇儿的出现，告诉他我坐火车去那里，还有我送给她的贝壳，还有……

"没关系的，卡梅隆。"他虽这么说，但是我却不能确定他脸上的表情是不是也是这个意思。"那个薇儿，"他摇摇头，"你会像对待女神一样对待她的，是不是，卡梅隆？"

我抿嘴笑了笑。我当然会像对待女神一样对待我的薇儿。

他又问了一遍："对不对，卡梅隆？"我们都知道答案。

虽然我仍旧对鲁本的反应感到很不安，但是这一次我怎么也掩饰不住我的笑容。他看上去也很开心。说实话，鲁本从来都不是那种让别人猜半天还猜不出他在想什么的人。他微微笑了笑，所以我觉得这件事应该没什么了。我们一起待在厨房里，就在这时莎拉走了进来。

"发生什么事了？"她问，"你们都在笑什么呢？看上去就像你俩刚看完鬼故事似的。"

鲁本拍拍手说："等事情发生的时候你就明白了。"他没好气地大叫起来。我不知道为什么他要嚷嚷——但是他看上去就像是用了很大力气一样地说："还记得薇儿吗？"

"当然了。"

"呃，"他像是极力克制着自己内心的激动，说道，"看来，你以后又要经常看见她了，因为……"

"啊！我知道了！"莎拉兴奋地打断他的话，然后指着我说，"我就知道有这么个女孩，你这个小混蛋，你从来都没和我说起过！"我从未见过莎拉这样开心地笑过。"等等！"过了大约三十秒钟，莎拉就拿着她的宝丽来相机回来了，给靠在水槽边的我和鲁本照了个快照。

"再笑一个，再来一张！"她说着，我们就照做了。

我们争着抢着要看照片，我马上就辨认出了鲁本的头发和我脸的轮廓。鲁本手里还拿着个苹果，我们都穿着旧牛仔裤，斜靠在那里。鲁本的法兰绒工作衫，我的旧夹克，脸上的微笑，一切看起来都那么惬意。好像会有事情发生吧……

莎拉把照片往她那边拉了拉。

"我喜欢这张照片，"她毫不犹豫地说，"看上去真像一对兄弟。"

兄弟之间到底应该是什么样子呢，这个问题在我脑海中闪了一下。我们还在继续欣赏着照片。周围一片安静，水龙头还在滴水，滴答滴答的水声变得格外清晰起来。

"给我们看看。"鲁本一边说着，一边从莎拉的手中夺过照片。我立刻产生了一种不祥的预感，马上会有事情发生。

他使劲儿攥着照片的方式很暴力。

他死死盯着照片的眼神很可怕。

我预感我哥哥就要毁掉这和谐的一切了。

还有几分钟，暴风雨就要来了，有大事要发生。最近发生的一系列事情让鲁本非常不满，他快要出离愤怒了。他要发泄，他要让大家知道，他根本不喜欢这种事。薇儿和卡梅隆在一起——对于鲁本而言，这是不可以的。听上去就不是一对。感觉也不对。我可以从他的眼神中看出这一切。该来的终于来了。直觉告诉我，他就要爆发并要终止这一切。

他笑了笑，但是突然之间，这笑容不再有一丝一毫的真诚，反倒让人觉得满是讽刺。他说的话也恰好证明了这一点："是的，姐姐。这张照片你确实拍得不错。"他拿给莎拉看，就像照片是他自己拍的一样。"这真是一张我和这个废物的不错的合影，是吧？"

莎拉被弄糊涂了。"你说谁废物？"她问。

我已经感觉到我的五脏六腑都碎了。

"对啊，"我哥哥大笑道，眼睛却还盯着照片。我感到不安和焦虑，我觉得他所说的一字一句都像在打我耳光一样。"对啊，姐姐，"他解释道，"有人就是废物——我把女孩子带回家，而卡梅隆就只配捡我用剩的……"

我记得当时莎拉听完这些话之后，盯着我研究起来。

仅仅用几句话鲁本就毁了我的生活。虽然几周之后我才发现他为什么要这么做，但是现在，在我看来他这么做好像仅仅是因为他有权利这么做——因为他是曾经在这间屋子里得到过那个女孩的人，而不是我。他尤其不能容忍和他曾经拥有过的女人勾搭在一起的是卡梅隆。

挫败感涌上心头，我感觉自己脚下的厨房地板好像裂开了一条缝，抬起它的手要把我拽进去。我告诉自己要冷静，就在这时莎拉从鲁本的手里抢回了照片。她脸上闪现出的是一种很受伤、很痛苦的表情。她回过头来看着我，我能感觉到自己的火气越来越大。当这种气愤之情满溢的时候，我突然从这种挫败感中爬了起来，我站在哥哥面前。我们哥俩儿就这样面对面站着。

我品味着他的表情，一切都是意料之中的。

"你真是个混蛋。"我说。虽然这听上去并不像是我说的，因为我从来没这么攻击过别人。"你知道什么呀？你这个大混蛋！"

"那么，你就记住，你不过是捡了个混蛋用过的女人，"他回答说，"如果不是因为我，你什么都没有。"这些话激怒了我，我正需要这样的刺激。我向我哥哥冲过去，把他按倒在地上。我听见后面莎拉的尖叫声，但是我已经听不清她在喊什么了。很快，我就看见桌子上的盘子、水杯和叉子都滚落到了地上。可是马上我就被压在了地上。鲁本，他比我的动作要快，也比我强壮，很快就把我制住了。紧接着，我就看见了他的拳头已经近在眼前。它狠狠地打在了我的右脸上，我突然觉得一阵眩晕，一切都晃动了起来。我感觉天花板都碎裂了。可是就当它们刚刚要黏合到一起、回归原处的时候，突然又全都爆裂开了。因为我哥的拳头又在我脸上不知打了多少下。他用膝盖顶着我的肩膀，他的眼睛死死地盯着我，他的头发遮住了脸。我觉得好虚弱，已经快没有知觉了。

"快别打了！"我听见莎拉在尖叫。她跑出去拎了一桶水回来，哗地一下泼出去，正巧鲁本从我身上下来。于是这一桶还结着冰的水结结实实地泼在了我身上，就像一条美丽的冰毯一样。"混蛋！"她声嘶力竭，把水桶朝鲁本砸过去。他打落了水桶，向外面走去。

就在他要走出屋子的时候，他回过身，用手指着我。

"其实，你他妈知道有什么错吗？"他冷酷地说道，"你永远不会找到真正属于你的东西，不是吗？"他大笑道。"耶稣啊！你不能捡你哥哥拥有过的女人。这是很低贱的行为！这简直太糟糕了，你个大混蛋！"他那满是怒意的笑声听上去刺耳、恐怖。"要不等我和茉莉亚分手的时候，把她的号码也给你？你很想要吧？"他砰的一下关上了门，终于离开了。

我呢？

我平躺在厨房的地板上。

满身伤痕，浑身湿透。

筋疲力尽。

我闭上眼睛，又再睁开。一切都显得那么不真实。

我问自己，刚刚的一切真的发生过吗？但是马上，我肿起来的脸和全身传来的疼痛感就向我证明了这一切的真实性。这种怀疑和震惊反倒让我冷静下来——我一直都害怕告诉他这件事，现在我最大的担心都变成现实了。他们都可以随意地蔑视我。

我慢慢地看看周围。

厨房的地面上都是水、打碎的瓷器以及各种各样的残羹剩饭。

碎片

　　有些时候生活总会笼罩着乌云。

　　今晚，这些乌云就徘徊在我的头顶，在空中久久不散。它们就在那里看着我写下这些文字。但我可不觉得它们会对这些文字有丝毫的兴趣。

　　我想象着自己一个人在一间屋子里，我的面前撒满了各种碎片残骸。

　　我走向这些碎片，我不知道那都是些什么东西，所以我小心翼翼地靠近它们。它们看上去就像是一张拼图，被撕开摔碎。它们看上去就像受了伤一样。

　　我蹲下去，寻找着脚边的每一块碎片，开始试图把它们拼到一起。

　　渐渐地，当我把碎片慢慢粘起来时，我终于能看出它们本来的样子了。

　　慢慢地，我就理解了。

　　这些躺在地上的碎片。

　　是我，重新赋予了它们生命。

14

渐行渐远的薇儿

她踉跄地走出大门，无声地在街上游荡。脚步凌乱，似乎每一步都渗透着恐惧；每一步都挣扎着想要抹去曾经发生过的一切。

第二天晚上，我和薇儿的约会泡汤了。

她如约而至，看到我眼睛和颧骨周围的淤青后，即刻意识到发生了什么。她走进门廊，仅仅看了我一眼，便别过头去，随即转身离开了。没有任何的寒暄，甚至，连一个招呼都没打。

我茫然地杵在那里，想摸她的手，她却指着我脸上的伤："那是……？"

那是……

我只能点头，肯定了她那一半未出口的疑问。

问题只说了一半是怕无法承受知道事实的痛苦。而她的问题是——那是鲁本做的吗？

目送她离开，我清楚地记得当时的情景。她艰难地抬起脚然后落下，一步一步支撑着身体走向大门。

她退缩了，"卡姆隆，对不起，我早该知道的。"她显然感觉到了我和哥哥之间的嫌隙。痛苦在她的脸上表露无遗，她自责地垂下了头。她并不知道，鲁本和我前一晚的误会并不仅仅是因为她，更大程度上源于我们长久以来的互不理解，矛盾日渐增多，终于在那天爆发了。虽然鲁本一直是赢家，但我却已不再久居劣势了。

这场对垒的真正原因在于，我和鲁本对待女孩时所表现出的截然不同的态度。我想这代表着我开始面对现实，而不是一味地活在鲁本的阴影之中，抑或是站在他的身后，永远只能看着他的背影。是的，这场仗的真正起因是过往的一切。

"不，薇儿。"我哀求道，不过恐怕听上去更像哀鸣。

"求你，别走！"

但她还是走了。

她踉跄地走出大门，无声地在街上游荡。脚步凌乱，似乎每一步都渗透着恐惧；每一步都挣扎着想要抹去曾经发生过的一切。转瞬间，她满眼决绝，为了鲁本和我，她愿意放弃一切——无论是她曾经渴望得到的，抑或是我们两个都想拥有的。她的匆忙离去，着实让我措手不及。

爱情为什么消失得这么快？我问自己。爱情怎么一下子就被摧毁了？她怎么能因为鲁本就弃我而去呢？

这爱情的结局不停地在我脑海中闪过。像病毒一样，每想一次就变得愈加强大。短短几分钟，这样的结局在我脑海里至少播放了一百遍——她说的话，她的样子，她温柔却残酷的声音，她伤心又混乱的脚步声。

爱情怎么会消失得这么快？我又一次追问自己，依旧没有答案。一周前，她盼望得到我的一切，她爱我，甚至于我的缺点。好像除了我，就连塔楼的玻璃窗也不能给她支撑的力量。她爱我送的贝壳，爱我笨嘴拙舌的爱意，可是现在，那浓浓的爱意全然消失了。

为了这个晚上我曾经预想了好多计划。

我们漫步在街头，冰冷的街道变得温暖。

空荡荡的电影院里只有我和薇儿两个人，我们聊天，偶尔还相视地一笑。

我会在车站陪着薇儿等待回家的火车。等待中，我们数着一列列进站的火车，然后看着它们离开车站。我会微笑地送她上车。

我坐在那里自豪地想着——想着自己能够给薇儿的各种幸福……

一切像风一样划过我面前的门廊，扫过我的脸颊，格外冰冷。

几分钟后，砰地响起了关门声，我回归现实，看见鲁本走了出来。我们对视，无言。一天工作下来，我们没有任何交流，但凭我这张脸，爸爸一定知道我们打架了，只是他并没有插手。以前我们打完架很快就又和好了，但这次我却没把握。

我坐在黑暗的门廊里，看着鲁本像薇儿一样无视着我的存在，下楼梯后径直走到大街上。等他消失在街角后，我才意识到他们谁也没回头看我。

寂寥的寒夜里，我独自享受着这沮丧的一刻。风刮得更猛烈了，拍打着我的脸，冬日的寒风打透了我的夹克。此生中，我和女孩的第一次约会连前廊也没离开就泡汤了。呆坐了好久，我才垂头丧气地回屋了。

令我十分诧异的是，我和沃尔夫夫妇看电视的时候，他们被逗得哈哈大笑，可我啥也听不见，啥也看不见。回到卧室后，我靠着墙坐在窗下。浓墨一样的夜里，我不愿去承认内心的痛苦，可不争气的眼泪静静地滑过了我的脸颊。敲门声传来，我不想吱声，也不愿意擦掉痛苦的泪水。我眼中的痛苦、心中的创伤，都在滴滴热泪中喷涌而出。

莎拉敲了敲门，走了进来把灯打开。

"不出去约会吗？"她问道。

我慢慢地摇了摇头。

"为什么不？"

"她看见了我脸上的伤，"我麻木地说，"知道我和鲁本大打出手了。"

"这就结束了？她刚离开吗？"

"她跑走的。"我纠正道。

"我明白……"

莎拉坐在我的对面，我们彼此凝视着，沉默着。此时此刻有人陪伴真好。最后，她走过来把手递给我。

"来吧，"她说，"我给你看一样东西。"

我迟疑地拉住她的手，站了起来。我们走出房间、穿过走廊，竟来到她的卧室。

"把门关上。"她说。我一脸疑惑地照办了。

她抬起床垫，掏出一个大大的活页册子。一些快照掉了出来，其中还有我和鲁本打架之前在厨房照的照片。

"坐下。"

我也照办了。姐姐莎拉·沃尔夫的秘密生活展现在我的面前。她翻开那本册子，每张纸上不是素描、涂鸦之作，就是木炭色的炭笔画。画中的内容真是包罗万象——我家的房子、亲爱的家人、我们的街道、超市里拖着孩子的母亲、上火车的旅客、在伊丽莎白街像多米诺骨牌一样排队的汽车，还有厨房里被加热的剩菜。

我不停地翻阅着她递过来的册子，怀着强烈的钦佩之情欣赏着、感受着这些画作：

下班后，从厢式货车上下来的老爸。

某晚，在沙发上熟睡的疲惫的沃尔夫太太。

在街上，一个在雨中艰难跋涉的无名氏。

…………

一页又一页。

几分钟后我才平静下来。

"画得太好了。"我说。

"接着看，"她点点头，"翻到第三十八页。"

把小册子翻了个遍我才找到那一页。

那一页画的是我。彩色的木炭画中，我身穿蓝西装，系着红领带，脚穿黑皮鞋。我的脸脏兮兮的，头却抬得高高的。当然，我的发型依旧雷人——鸟窝似的头发倔强地伸向天空。我戴着的那一双红色拳击手套是最大的亮点。

蓝西服和拳击手套。

卡梅隆·沃尔夫。

"我很喜爱这张。"我对姐姐说。

"是的，"她说，"你知道这代表什么吗，卡梅隆？"她的脸上没有一丝笑容，认真地说："用我告诉你这代表什么吗？"

"蓝西服和拳击手套？"

"没错。"

"告诉我吧。"我直视着她。

她回答说："嗯，首先，你脏兮兮的。你也认为自己很脏，很渺小，没什么大出息。"她指着西装说，"西装说明你已经受够了，你想要更好的生活，可这让你很痛苦……是吗？"

我默默地点了点头。

"那么，手套！"她的语气又强硬又肯定，"手套表明你渴望获得成功。"她更加坚定地对我说："你要知道，卡姆隆——如果你还想要那个女孩，这画我就保持原样不动……如果你想让那个女孩离开，我会擦掉红手套，然后丑化你的手。我甚至可以画一双被剁掉的手。"她很严厉地说完最后一句，"你明白了吗？"

我默认了。

"你还想得到她吗？"她说。

"当然。"毫无疑问。

"不，"她继续说道，"别让鲁本或者其他任何人告诉你该做什么或成为什么。不要管别人需要什么，不要为了别人的日子能好过点就委屈自己。做你想做的事。卡姆隆，明白吗？"

我最后一次点点头。

"现在，关上门出去吧。"这一次她笑了。

到了门口，我又折回到姐姐面前，弯下身子，吻了吻她的脸颊。

"嗨，卡姆隆，"她喊我，我回过头来，"你要坚持写作……"

我走近她，"你怎么……"

我咽下了好奇心，点点头，走回了大厅。

走廊

如果我心里有小巷的话，那也要有走廊。

我在里面散步，走过房间、壁橱，找到一个我从没去过的黑暗走廊。我径直走进没有门的走廊，找到一根电灯线，拉开它。走廊里焕发了光芒，昏黄的灯光也不会刺痛双眼。

我慢慢地走，从一侧望向另一侧。这是一个失意者的走廊。

墙壁上涂抹的都是姐姐莎拉·沃尔夫的作品，那些笔记本中的画作和照片——街上的人们、爸爸妈妈、正在购物的人。他们在为自己的生活而奋斗。

行走中，我仔细端详每一幅画，他们注视着我，我研究着他们。

走廊的尽头有一盏比眼前的这盏灯更亮并且闪烁不定的灯。它好像用忽明忽暗的照明来吸引我的注意力。

我走向那盏灯，发誓会记住走廊里的每一个形象。

小心翼翼地，我走向那盏等着我的灯。

15

灰色的希望

　　一个小时转瞬而过，阳光一丝丝地在天边消失。

　　路灯不情愿地亮了。

　　没有薇儿。

　　没有任何女孩。

经过了这么多事情，那天夜里我失眠了。我犹豫着是否该去薇儿家看看，但转念一想，决定还是再等几个小时，天亮后到海港去找她。

电视里正播放着怀旧的电影。

电影结束后，我摇晃着走到床边，一头倒在了床上。

早些时候我总喜欢写一些东西，然后把它们压在床垫底下。当我躺在上面，对着屋顶发呆时，就会感觉到它们似乎都爬了出来，游走在我的全身。

天快黑的时候，鲁本终于拖着那疲惫、困顿的身子回来了。他踢掉了鞋子，还差点把自己绊倒。上床之前，他走到我的床边，站在那里看了我好一会儿。虽然是闭着眼睛的，但我仍能感觉到哥哥的存在。

我差点想睁眼和他说话，但却突然想到厨房里的打斗——伤人的话语和无情的拳头。愤怒、怨恨的情绪顿时涌上心头。于是我调整呼吸，保持沉默，不断告诫自己，千万别睁开眼睛，等着这个不速之客自己离开。

不速之客。

想到自己竟这样形容哥哥，我感到很难过。但，也是他毁了我在这世界上第一次美好的机会——去接触和追求一个我向往已久的女孩的机会……

"嗨，废物。"原以为他会如此叫我，他却什么也没说。

只是站在那里。

即便是现在，我仍想知道，那一刻他在想什么。

是否会叫醒我，拍下肩膀，叫声兄弟，然后向我道歉？或是问我，为何不找一个真正属于自己的女孩？或者，他想恳求我别再做他的影子？

我永远也不会知道答案，因为那一刻已经过去，时光不会倒流。他双脚沉重地拖回床边，躺到床上。

那晚，鲁本几乎整夜没盖被子。这太适合他了，因为他根本不需要温暖，换做是我，如果没有盖好被子，一定会被冻死。我躺在床上，只露出鼻子呼吸点空气。

时间在分秒之间消减着，鲁本的鼾声响起，这声音犹如雪上加霜，划破夜空。我躺在床上，过往的种种在脑中浮现、盘旋。零碎的片段交替着闪过，但是思及最多的还是薇儿，然后是鲁本、史蒂夫，当然了，莎拉也会时常出现在我的脑海中。我看着莎拉给我看过的画——蓝色西装和拳击手套。想起史蒂夫，听着他讲的话，我莫名地感到心烦。讽刺的是，我的两个至亲手足总能伤到我。而姐姐则是我唯一可以坦诚心事的人。她旁观了整件事情的始末。若没有她的开导，那晚我便不可能下定决心第二天去找薇儿了。

上午，我决定先去找史蒂夫。

十点左右我到了他的公寓楼下。看见他和莎尔正站在阳台上，我也就没按门铃。他没有叫我上去，相反，他从阳台上跑下来和我会面。我想，他来找我，这是他求和的一种姿态吧。

他还没来得及张口说话，就被我抢了先。

"今天怎么在阳台上呀？"我友好地说。语气里都是示好的信号。

史蒂夫抬头看看阳台，也没回答我的问题，说道："你有事吗？"我敢说我白天来找他见面，他一定很震惊。"如果我是你，就永远不会和我说话了。"

他扭过头去，"如果我是你，会永远恨我的。"

"可我不是你，"我说，"我不能一个接一个地击败一群坏蛋。我的头被啤酒瓶击中后，我不可能射门进球——天知道，就算没有啤酒瓶，我也不可能射门得分。但我有胆量站在你的面前。当你没想过会再看见我的时候，我有勇气注视着你的眼睛。我能忍受你对我所做的一切和所说的话。"

凉风习习。风突然停了——没有一丝风。

史蒂夫终于说话了："好。"

我看了他一眼。离开前，我冲阳台上的莎尔喊道："以后见。"说完我转身看着史蒂夫，"明天或周末我会再来，也许我们可以去运动场练球。"

"好主意。"他回答道。

我们各奔东西。

搞定了第一件事，现在该去找薇儿了。

我乘火车去了海港，踏上站台，觉得今天没什么可以阻止我的。我满脑子里都是她。在栏杆处，我寻觅着可能会围着她看，聆听、欣赏她悦耳音乐的人群。

可惜，没有。她也不在。

她原本待的地方现在空荡荡的。没有街头艺人在那儿表演。薇儿似乎拥有这地方的所有权。通往海港大桥的那段路是一条孤寂的路。没有音乐，没有人。

我跑到那儿，孤零零地站在她原来呆的地方。寂静和孤独把我紧紧地包围着。几分钟后，我疯狂地看着周围，奢望能发现一些找到女孩的蛛丝马迹。

但是，什么也没有。

我甚至到处问是否见过一个吹口琴的女孩。

他们说海港另一侧的悉尼歌剧院附近有一个。我激动得差点忘了道谢，兴冲冲地跑了过去。经过渡轮入口、售票厅、高级咖啡馆和餐馆林立的林荫大道，我终于绕到了另一边。

在歌剧院台阶处，我如愿地听到了口琴中传来的天籁之声。

在那里！我欣喜若狂，可绕过拐角，发现演奏者竟是一个老头，不是我的薇儿。

我拼命地告诉自己别放弃希望。

我失魂落魄地在原地绕圈，向四周看着，找着，希望却一点点地破灭。我开始在整个城市游荡，不知不觉中竟走了一下午。疲惫的双脚拖着我走过市中心，我看到的却只有那些哑语表演者、皇家盲人协会铅笔义卖员和演奏迪吉里杜管的街头艺人。她不在这里。

我拖着疼痛的双腿和肿胀的双脚登上了开往哈斯威尔的列车，打算去薇儿家。我的上帝啊，这一切为什么这么的讽刺。想想我第一次来找她时，心里虽然忐忑不安，可我们是多么的情投意合。而现在我的神经万分紧张，心情更糟糕。这次可谓是糟糕到家。

上次是她渴望和我在一起，我知道她的内心深处一定这样想。不过这次即使她在家，我都不能确定她是否会出来。就算她出来了，她可能只会赶我回家，让我离开。只要别待在她家门口，去哪儿都行。

傍晚时分我忐忑地来到她家，在门口等着她的出现。

一个小时转瞬而过，阳光一丝丝地在天边消失。

路灯不情愿地亮了。

没有薇儿。

没有任何女孩。

只有我，卡梅隆·沃尔夫，站在薇儿住的房子前面。偶尔，开着灯的房间里会有人走动，可没人出来。

你还是走吧，我劝自己。可每次想转身离去时，我都意识到这一切意味着什么。事实太残酷了，我一路深深地感受着它的残酷。我想，残酷就是我再次站在这里，苦等着甩了我的女孩——这次真伤人。更伤人的是，她曾经求我站在那里。仅仅是二十四小时前，她还要我。可现在这一切都结束了。我仍然孤独，仍然寂寞地在守候。这次，不只是从家里走到女孩家那么简单了。现在的我不得不艰难地面对同样的挫败，感受同样的孤独和屈辱。

离开的时候，我回头看看，没人在往窗外望或拉开窗帘看着我离开。除了形单影只的我和空荡荡的街道，什么也没有。

第二天晚上也是如此。第三天，第四天也是如此……

我下定决心，无论要等多久，我每天都会站在那里，直到薇儿出来见我。

这成为了一种习惯，就像每天要醒来、穿上衣服一样，这是我生活的一部分。我每天的生活变成了：起床，步行上学，盯着涂鸦课桌发呆，徘徊在空无一人的教学楼长廊里，思索着这一刃。学校里有太多刺耳的笑声。它们突然出现，就像回声，也像油漆涂料一样泼洒在我的身上。笑声和我格格不入，弄得我好像病歪歪的。我会把该做完的都做完，在薇儿家门口站上两个小时，回家吃晚餐，独自带米菲遛弯儿（自从那次打架之后，鲁本就不再和我一起遛狗了）。

整个星期我都没怎么看见鲁本。

那个骚扰电话又打来的时候，我们倒是有了唯一的一次交流。

"又是那个无名氏。"我告诉他。我从来不在旁边听他们的对话。当然，大多数的时间电话里也没人说话。看得出来，鲁本变得越来越郁闷。我也窃喜他的风流让他的生活有了一点不如意。

至于哈斯威尔的守候嘛。周五晚上，门终于开了，走出来的却不是薇儿。很显然，薇儿遗传了她的脸，眼睛和嘴唇。她慢慢地、忧心忡忡地朝我走来。

现在我还能回想起她真诚的声音、慈爱的眼神。

她走近我说："你是卡梅隆，对吗？"

我点点头，"是的，阿什夫人，我是。"我仰起头，看着她。得有点尊严，我想。

"我觉得最好出来告诉你，薇儿今晚不在家——她去朋友家过周末了。"看得出来，她很不忍心对我说这些话，她心痛地说，"你应该回家啦。"

"好。"

嘴上应着，我却没打算离开。

不行，我不想回家。

走之前，我转身问她："整个周末吗？"

阿什夫人点点头，"明天晚上别来啦，你应该好好休息。"那一瞬间，她的眼神有些动摇，"卡梅隆？"

"什么事？"

"为了你好，我很抱歉。明白吗？"

我傻杵在那儿。我不想要她的怜悯；我唾弃怜悯；我想抛开怜悯；甚至杀死怜悯。可我只能多待上那么几秒钟，然后黯然离去。

星期日我还来，离开街道时，我自言自语道。她真的在朋友家吗？

"你没有放弃，对吧？"第二天晚上莎拉问我，我把我和阿什夫人的对话告诉了她。我们待在她的房间里，桌子上散落着照片和一些画纸。

"不用担心，"我安慰她，"明天晚上我还去。"

"好样的。"

第二天晚上以及之后的每个晚上，我都像钟表一样准时地在那儿站着，待上两个小时或者更长。有那么几个晚上，天空总是阴沉沉的，好像马上要下雨似的，可直到一周半后雨才渐渐沥沥地落下来，但很快就变成了瓢泼大雨。我纹丝不动地站着，浑身湿透，狼狈不堪。不过我却很高兴，薇儿看到了这一幕，她终于在门廊出现了。

"卡梅隆？！"她哭着跑了出来。我多巴望着她能说："进来，进来。"可希望再一次破灭了。

雨水打着她的头发，顺着脸颊一滴滴地流下来。她的声音又生硬又响亮，就像刀子一样把我钉在雨中。

"卡梅隆，离开这里！"一句痛彻心扉的尖叫声。她墨绿色的眼中噙着绝望的泪水。炙热的泪花和从天上倾倒下来的冰水合而为一，她是如此地美丽，美得几乎让我窒息。没到一分钟，她就彻底湿透了。"走吧，"她又大喊道，"回家去！"她痛苦地闭上眼睛，转身回去了。

她快走到门口了，声音才从我狂跳不止的心中蹦到嘴边。

"为什么?!"我喊着，她转身看着我。我哭喊道："你为什么这样对我？"我强忍着悲伤看着她，"你曾经拯救过我一次，为什么却再次把我推向痛苦的深渊？"

她心痛地走上台阶，抬起头。

她说："该你自己拯救自己了。"那犀利冷淡的目光刺痛了我。

雨下得越来越大，雨声也越来越响，我们相对无言地站着，遥望着。雨水淋湿了悲伤的薇儿。慢慢地，她被悲伤和雨水彻底地伤透了，转身跑进了屋里。她的话伴着雨水，重如千斤，将我彻底击毁。我凄惨地站在门口，一动也不能动。

回家的火车上，我全身湿嗒嗒的，没人愿意坐在我旁边。

身上的水滴答滴答地流到座位上、地板上。我好像是坐在溢满失意的水池里。

在中心车站，我掏掏兜，拿出了被水泡成一团废纸的车票。看来，我没法从验票机通过了。嚼着口香糖的收票员是一个年纪较长、汗毛蛮重的女人。我走近她，手里拿着那一团可怜巴巴的东西。

"这是您的票？"她问我。

　　"是的。"我愁眉苦脸地答道。

　　她端详了我一两秒钟，决定让我通过，"某个糟糕的日子，哈？"

　　"糟透了。"我回答道。我走过检票口时，她意味深长地冲我眨眨眼。

　　"不用担心，亲爱的，"她起劲地嚼着口香糖，"从这儿开始，事情会变得美好的。"我什么都没说，我只是听着。湿透的鞋子在脏脏的瓷砖地板上摩擦出刺耳的声音，我想象着身后的湿脚印不断地向远处延伸。真的，这些脚印的痕迹会永远向后伸展。

如果她的灵魂迷失

我奔跑着，双脚全湿。

前方有一个女孩。

她走得很慢，但无论我怎么努力追赶，我也赶不上她。我的脚步越来越沉重，每一步前行，雨水都会把我打得更透。我要叫住她，但不知何故，我知道她不会听到。

如果其他人路过，我想告诉他们，我想说——

我爱那个女孩。

我却没有权利爱。

最终，我快追上她了。她却拐弯了，消失得无影无踪。

我垂头丧气地靠在身后冰冷的砖墙上。我明白，许多事我都看不透，感觉不到，理解不了。

此时，我只敢肯定一件事。

是关于那个女孩的，那就是——

如果她的灵魂迷失了，我愿意成为她那个迷失的灵魂的归宿。

16

后知后觉的爱

它死了。

此时，我们忘记了彼此间的不快。

静静地坐在原地，任凭雨水打在身上。

这场雨持续了一周之久。在暴雨遮天盖地的掩护下，随着一件事情的发生，又一场风波即将再起。

一个悲剧。

一场灾难。

你猜得没错，是关于米菲——那只惊世骇俗的狗。这个像毛绒球一样的小家伙总是能够介入我们的生活。

这次的事件是：可怜的小家伙突然无缘无故地死了。

一个周四的下午，大雨倾盆，肆虐的雨水击打着街道和屋顶。

我正百无聊赖地待在屋子里，快快地嚼着土司。

门口有人用拳头使劲敲门。

"等会儿！"我大喊道。

我打开门，看到门口跪着个秃顶的男人，个子不高，浑身已经湿透了。

"凯斯？"

他抬起头。我吓得连嘴里的吐司都掉了。鲁本跟了过来，在我身后紧张地问道："发生什么事了？"

凯斯满脸凄楚，表情万分悲痛。起身时，泪水和雨滴混合着肆意地在他的脸上流淌。盯着厨房的窗户，他沉痛地哭道："米菲……"看上去像是随时都会崩溃，声音喑哑。最后，他从嗓子眼儿奋力挤出了声音："米菲死了……在后院。"

我和鲁本面面相觑地愣在原地。

我猛然冲到后院，砰地一声，后门砸在墙上，砰然作响。

我翻上栅栏，还没跨过去，就看到了米菲——一个浸了水的绒毛球一动不动地躺在草地上。

跳下栅栏，残忍的一幕让我无法思考，不能动弹。仿佛胸口压着千斤大石，我内心嘶喊着，不。

鲁本随后赶到，脚步沉重地踏进湿湿的草地，走了进去。

我跪在瓢泼的大雨中。

它死了。

我碰了碰它。

它死了。

看看身边跪着的鲁本。

它死了。

此时，我们忘记了彼此间的不快。

静静地坐在原地，任凭雨水打在身上。米菲死了——这只波美拉尼亚小狗，它毛茸茸的棕色长毛虽然被雨水冲得一条条黏在身上，却依旧柔软顺滑。我们抚摸着它，泪如雨下。过往的一幕幕在脑海中浮现：深夜，我们带它散步时，吸着烟，大声笑着。依稀间还能听到我们调侃、逗弄它的声音。我想，内心深处我们是喜欢它的，甚至可以说，我们爱它。

鲁本看上去极度悲痛。

他喃喃道："可怜的小混蛋。"声音低得几乎听不到。

我想说点什么，却发不出一点声音。我一直知道，这一天早晚会来，却没想到会是这样的情景。

没有可怜的冻成一团的长毛球！没有这样的瓢泼大雨！更没有如此忧伤甚至锥心的悲恸情绪！

鲁本把它捧在怀里，轻轻放到凯斯家后院的游廊上。

它，死了。

雨停了，可我内心的痛苦却没有平复。我们心疼地抚摸着它。鲁本甚至向它道歉，为以往每次的恶言相向而忏悔。他不停地重复、低语："对不起……对不起……"我有点吃不准，他究竟是说给谁听。

一个小时后凯斯也过来了。但是大多数时间里，只有我和鲁本守在那里。大概又待了一个小时，我们几乎浑身湿透，冻得冰凉，饥饿难当。

"它身体变硬了。"我提醒道。

"我知道。"鲁本应着。如果说，当时我们脸上从未闪过一丝笑意，那绝对是说谎。我认为，从某种程度来说，这是米菲给我们的最后的报复——内疚。或者说，它牺牲了自己，换得我们的重归于好。

不断地抚摸着它的身体，直到它渐渐变得僵硬，我们几乎要冻死在这儿了——邻居的后院里。这一切都怪我们，一直以来对它总是恶意嘲笑，直到现在才厚颜无耻地表达对它的喜爱。

最后，鲁本叹息道："嗯，算了。"他轻抚着米菲颤声说："米菲，你纯粹就是一个可怜的家伙！我一直讨厌你，和你在一起我总要戴着帽子，就怕被别人认出来。现在我才知道，自己有多喜欢你！而曾经，我竟然会觉得这是一种乐趣。"最后他拍了拍小家伙的头，"我走了，"他故意说道，"这次你竟敢在近乎飓风的天气里死在晾衣绳下面。我才不要为了陪你得肺炎呢。所以，再见！——我现在只希望，凯斯夫妇下次能养一条像样的狗，起码得长个狗的样子！而不是用雪貂、老鼠之类的啮齿类动物充当的冒牌儿货。再见。"

走到后院的阴暗处，翻上栅栏之前，他转身又最后看了米菲一眼，算是最后的告别。然后，头也不回地离开了。此刻，我觉得他给米菲的爱要远胜那天晚上我坐在门口处，看着薇儿离开我时，他给我的关爱。当时他肯定没回头看我。但是公平地说，当时我也没死。

我又待了一会儿。凯斯的太太下班回来后，对我说的"米菲事件"感到伤心。而她却一直在重复强调一件事——"我们一定把它火化。一定要火化这条狗。"事实上，米菲是她已故母亲给她的礼物。而她母亲一直认为，所有的尸体，包括她自己的，都应该被火化。"火化这条狗。"她又重复道。事实上她几乎看都没看米菲一眼。奇怪的是，我总觉得我和鲁本其实最爱这条狗——它的骨灰很可能会放在电视机上面，或者为了安全起见，放在酒柜里也未尝不可。

很快，我便告别离开。即使我把手放在它早已僵硬的尸体上，梳理着它丝滑柔顺的绒毛，我仍对这一切感到震惊！

到家后，我把有关火化的事告诉了所有人。毋庸置疑，他们一个个都异常吃惊，尤其是鲁本。在我看来，吃惊已经不足以描述我哥哥的反应，确切地说，应该是惊骇！

"火化它?！"他难以置信地叫道，"你看到那条狗没有？你知道它有多湿了吧？他们得用吹风机先把它弄干，否则它是永远也烧不着的！只会被熏得冒烟！"

我大笑了起来。尽管我很讨厌他在这样的时刻仍能表现出幽默，可他的话着实让我忍俊不禁。我想，我笑的是吹风机。

我忍不住联想到，凯斯拿着全速开动的吹风机，站在那条杂种狗旁边。而他身后，是凯斯太太大喊大叫的画面。

"亲爱的，它干了吗？我们能把它扔到火里了吗？"

"还没有呢，亲爱的。"他这样回答，"我想，还得再吹个十分钟。这个破尾巴怎么也吹不干！"米菲的尾巴堪称世界上最浓密的尾巴之一，这点你可得相信我。

第二天，我们得知周六下午四点会有个小的送别仪式。而米菲将在周五下葬。

以遛狗人的身份，我们顺理成章地参加了葬礼。不仅如此，凯斯还邀请我们在米菲原来的领地——后院那里撒落米菲的骨灰。

他问我们是否愿意撒骨灰。"你知道，"他说，"它大多数时间都是和你们在一起的。"

"所以你想……"我问道。

"事实上，我太太并不赞同这个提议，但是我坚持这样。我说，不行，那些男孩应该得到这样的权利，就这么定了。"他笑着说道，"我太太误解你们只是隔壁家的两个小瘪三。"

老不死的！我暗骂。

"老不死的！"鲁本说，幸运的是，凯斯没听见。

周六，爸爸、鲁本还有我，为了及时赶回家参加这个重要的葬礼，我们两点就把工作完成了！四点，我、鲁本和莎拉一起去了隔壁。

大家翻过栅栏，看到凯斯把放在木头盒里的米菲取了出来。阳光灿烂，微风拂面，而凯斯太太却朝着我们冷笑。

老不死的，我又一次在心里暗骂。如你所想，鲁本又一次说出了口，当然是以只有我们三个能听到的声音。尽管极力忍耐，我们还是笑了。他太太的脸色看起来很不好。

凯斯拿着一个盒子，说了一堆没用的废话：什么米菲有多棒、多忠诚、多漂亮，等等。"多可怜。"鲁本又一次低声说道，以至于我不得不咬着嘴唇就怕乐出声来，但是终究没忍住。还好，凯斯太太没太注意。

可恶的鲁本，我暗想。但不管我多恨他，他还是能让我笑出来。即使我鄙视他想要的一切东西和对我的所作所为，他还是能够仅仅以对米菲的一句评语就让我失声大笑。关键点在于，他总能把话说得恰如其分。

站在这里，我们宣称着有多爱它等等毫无意义的语言，一点儿意义都没有，只会讽刺我们有多不爱它。

真的爱它应该是：

1. 放下它的尸体。

2. 故意挑衅它。

3. 对它说尽侮辱的话。

4. 讨论是否该把它扔过栅栏。

5. 扔给它一块几乎嚼不动、吞不下的肉。

6. 逗它叫唤。

7. 在大家面前假装不认识它。

8. 在葬礼上开玩笑。

9. 把它比作老鼠、雪貂或者其他啮齿类动物。

10. 深爱它但不会明显表现出来。

此次葬礼一直以凯斯的絮絮叨叨以及他妻子坚持不懈地想努力挤出点眼泪为主要内容。最后，所有人都觉得无聊透顶，几乎每个人都想赶紧唱完圣歌。

最后，凯斯问了一个很重要的问题！事后我想，他一定很希望自己根本就没问过这个问题！

他说："还有谁有话要说？"

现场，鸦雀无声。死一般的寂静。

然后鲁本打破了沉寂。

在凯斯正准备把在这世上唯一装着米菲残迹的盒子递给我时，鲁本说："事实上我有话要说。"

别，鲁本，我绝望地想。求你了，别说！

当凯斯把盒子递给我时，鲁本发表了以下言论。他以清楚嘹亮的声音说："米菲——我们会永远记得你。"他骄傲地仰着头。"你绝对是世界上最笨的动物。但是我们都爱你。"他笑着看了眼莎拉——仅仅一眼，因为还没等我反应过来，凯斯的太太便发怒了。她急匆匆地跑向我们，一下子靠近我，开始和我抢夺我手中的盒子。

"给我！你这个小杂种！"她不屑地说。

"为什么？"我绝望地问。一瞬间，围绕着米菲爆发了一场战争。鲁本的手也紧抓着盒子。我和米菲夹杂在他和凯斯太太的争夺之间，莎拉倒是在他们抢夺盒子时拍了不少精彩的照片。

凯斯太太唧唧歪歪地喊着："把它给我。"但是鲁本根本不听。

没办法，他们算是斗上了。凯斯太太用尽了全身的力气，鲁本却只是一副轻松、挑衅的样子。

最后，凯斯结束了这场闹剧。

他介入了这场争斗，大喊道："诺玛，诺玛！别出洋相了！"

她终于放手了，这之后鲁本才放开。我是唯一抱着这个盒子的人了。坦率地讲，我猜诺玛还在为一件我们没提过的事生气。事情发生在两年前，也正是因为这件事，我们才开始每天遛狗。当时，我们正和几个朋友在院子里玩橄榄球。米菲显得异常兴奋。因为球经常打在栅栏上，我们也弄出了各种声音，逗得它一直在那儿狂吠，后来竟得了轻微的心脏病。作为补偿，沃尔夫太太让我们负责兽医的费用，并且每周至少带它散步两次。

这就是我们和米菲缘分的开始。而真正的开始是，尽管我们气愤地抱怨每周要遛狗两次，但未曾预料的是，我们对它的爱竟与日俱增。

然而，在后院的这场葬礼中，诺玛不仅没有表现出对米菲丝毫的爱，还在那儿生闷气。过了几分钟，她才慢慢平复下来。我们已经准备把米菲的骨灰撒到微风拂过的后院里。

"好了，卡梅隆，"凯斯点点头，"该撒骨灰了。"

他让我站在一个破的草坪椅上。我打开了盒子。

"拜拜，米菲。"他说。我把盒子倒置过来，希望米菲的骨灰能从里面飘出来。

问题是，它出不来了，它被粘在那儿了。

"他妈的！"鲁本嚷嚷着，"原来米菲身上长满了黏胶。"

凯斯太太看起来有点被激怒了，事实上，毫不夸张地说，也许说狂暴才恰当。

我只能不停地摇着盒子，但是骨灰就是倒不出来。

"把你的手指放进去搅拌一下。"莎拉建议。

诺玛看看她，"你不是现在才开始变聪明吧？"

"我根本不聪明。"莎拉诚实地回答说。好主意。没人想在此时招惹这个女人。她看起来随时要准备和某人打一架。

奉承了她几句，我又把盒子翻了过来，然后才把手放进骨灰里搅了搅。

第二次倒空盒子时，我成功了。米菲自由了。在莎拉拍下的照片里，它被风接住，然后被送至院子的各个角落，甚至飞到了邻居的院子里。

"哦，不，"凯斯挠挠头说，"我应该事先通知隔壁把他们洗的衣服收好……"

恐怕，未来的几天里，他的邻居必须跟米菲如影随形了！

死亡的暂停

我暂停了一下，死亡的想法爬进我的脑海里。它们吊在我的肩膀上，冲着我的脸呼吸。我经常乐此不疲地冥想，宗教、天堂和地狱。

或者，老实说，我想到最多的是地狱。

想到自己知道死的时候会去那里，我想，没有什么比这更糟糕了。

对，地狱。我总觉得那才是我该去的地方。

有的时候我想，如果我认识的很多人都去了地狱，会让我舒服点。我甚至想过，如果全家人都去了地狱，我也一定宁愿和他们去地狱也不会去天堂。我的意思是，在我吃桃子的时候，在我抚摸可怜的波美拉尼亚小狗——亦如抚摸远在天国的米菲时，我有着强烈的罪恶感，即使历经永生，它们依然会在我内心燃烧。

我不知道，我真的不知道。

我只希望能够体面地活着。

我想，那样就够了。

17

战斗前的一刻

砰的一声，门狠狠地被他关在身后。即使透过厨房的窗户，我也能看出走在街上的他意志坚定，亢奋异常，就连刺骨的寒气也似乎被他逼得绕道而行。

现在的问题是，接下来会发生什么事？

每次想起米菲的死，整件事就会变得很模糊。我得全神贯注才能集中精神。

声音。

我总能想起鲁本击打挂在地下室里的沙袋的声音。为和那个每周打三通电话的人一决高下，他在坚持不懈地备战。他每晚都会在下面待很久，每每回到卧室，他的指关节都在滴血。

我们之间的不快曾因为米菲的死而被暂时忘却，但也只是暂时，安葬了米菲后马上又恢复了原样。虽然米菲以死亡让我们短暂的重归于好，但最后米菲还是失败了。鲁本看我的眼神总是透着冷漠，当然，前提是，他愿意看我的话。那天晚上，他对我说了几句话，他看着窗外，好似自言自语地对我说："该死的茱莉亚……"

八月初，一个寒冷的周二的晚上，鲁本又一次接到了骚扰电话。不同的是，说话的是茱莉亚。她说她要回到前男友——那个打电话的家伙身边了。显然是那个家伙求她的，而她竟也同意了。她在电话里警告鲁本要小心，因为那个人并不打算放过他。我相信，如果可以，鲁本想立刻找那个人痛快地打一架。

现在那贱人走了，却留下了一个"烂摊子"！

他站在窗边，目光落向窗外，给我讲述整件事情的经过。

记得我曾经告诉他，只要他需要，我一定会陪着他。当时他说："谢了，老弟！"可是现在，我不确定他是否还会需要我，是否还愿意接受我的帮助。我更加不确定的是，自己是否还有帮助他的能力。我只能在一旁看着他，看他站在窗边，欣赏着自己的双手——上面满是鲜血，却日益坚强有力。

我已经不再去找薇儿了。

她曾对我说："你该对自己好一点。"我仍记得她当时那满眼心疼的样子。我总是告诉自己，她并不是真的不想见我。她这样做，只是她觉得应该如此。她认为她的离开可以使我们重归于好，然而讽刺的是，我其实是失去了两个人。

时光以它的姿态流逝着，鲁本依旧是老样子——接不完的骚扰电话，疯狂地在地下室攻击沙包。说真的，连我都为那个将要和哥哥决斗的人感到难过。以鲁本的爆发力和快速、敏捷的身手，别说一个人，即便对方再来几个，也只能是被打得满地找牙而已。

一天晚上，那家伙又打来电话，"我兄弟有话对你说。"我冲着话筒嚷道，"每周，你打三通电话，连我都觉得荒谬！你要是再不说点什么，我都要怀疑你是不是喜欢我哥而不是想杀了他，否则你早就动手了！你等着！别挂电话！"

我跑进地下室。

鲁本已经练了一个多小时，即便他平时不爱出汗，现在也全身湿透了。

"有事？"他看着我。

"是他。"我应道。

几步跨过水泥台，他粗暴地抓起电话。

"听着！"他咆哮道，"明晚八点，我会在老火车站等你，你知道那里吧？……对，就是那儿！想揍我，你就过来！不然，就别他妈的再给我打电话！你他妈的烦透了！"

一阵鸦雀无声后，鲁本对着电话应道："好。"并接着说，"就你和我，我们单挑。"又过了一会，"好！不找帮手、不要诡计、一次做个了断！再见！"砰地一声扔下电话，看得出，他现在已经完全进入战斗状态了。

"要开打了？"我问。

"当然，"他关上地下室的门，"感谢上帝！"

电话又响了。

鲁本接起电话，即刻，我知道还是那家伙。鲁本看起来不太高兴。

"那你想什么时间？"他冲着电话吼道，"什么！你来不了?!"顿时，鲁本火更大了，"听着，混蛋！是你想杀我，所以你最好想清楚什么时候动手。今晚怎么样？要不现在也行！你确定？不会又打电话改期吧！不会！所以你觉得星期五收拾我再好不过？好！就星期五，地点不变。一言为定！"

他再一次狠狠挂断电话，摇头笑道："看我怎么整他！"

吃过面包，他打算出去。我知道茱莉亚走了，天底下还有很多好女孩在等着他。有那么一瞬间，我想问星期五是否需要我一起去。但我猜，他一定认为那样很没面子。

不管怎样，他算是惹上麻烦了。碰了不该碰的女人，就要为自己的行为付出代价。虽然我知道自己以前也犯过错，但鲁本总能摆脱困境。就因为他是鲁本·沃尔夫！无所不能的鲁本·沃尔夫！

他的铁拳。

他独有的魅力。

无论怎样，他都能解决。

尽管这次我并不确定情况有什么不同。但我想周五就会见分晓了。

离星期五还有几天。大多时候我都在想这次的冲突，还有，薇儿。我从没停止过想她。我想给她写信，或者打电话给她，但我终究没这么做。莎拉鼓励我再去试试。

周四晚上我问她："你没擦掉我在画里的手，对吧？"

她绝望似地摇摇头，"不，卡姆隆……到目前为止，没有。我知道你很不容易。"

现在，就等星期五晚上了。

七点半，鲁本穿上他最旧的牛仔裤，他已经准备好了。

他穿着他最旧的牛仔裤、法兰绒工作服，靴子系得很紧，擦得锃亮。对着镜子，他喃喃自语地说要出发去战斗了。我只能目送他离开。他出门之前，我们对视了一眼。

说什么好呢？好运？我希望你能把那个杂种胖揍一顿？你想让我去吗？

我们什么也没说。

寂静中，他离开了。

出门时，他对家人说要去找朋友。砰的一声，门狠狠地被他关在身后。即使透过厨房的窗户，我也能看出走在街上的他意志坚定，亢奋异常，就连刺骨的寒气也似乎被他逼得绕道而行。

该做决定了。

我该跟着他吗？

时间一分一秒地过去了，我思来想去，觉得必须去找他。我明知道我不该去，可我就是情不自禁地想去。哥哥和我的冲突和这比起来根本不算什么。厨房的打斗确实让我失去了薇儿。可我没法忘记一个事实——他是我的哥哥，而他遇到了麻烦。想到这儿，我迅速跑回房间，套上靴子，披上外衣，跑了出去。

八点左右我来到了老火车站。鲁本在栅栏那儿等着他的对手。我偷偷地拐进一条边巷里。在那儿，我可以离他近点，陪他等着。在巷口处，我能看见他，他却看不到我。现在我只需要等待。

整个老火车站到处是废弃的火车车厢，黑漆漆的一片。车厢的窗都碎了，原本贴在窗上的字少了些字母，就像火车的伤口一样。此时，鲁本倚着用铁丝架起来的栅栏。栅栏很高，把车站和街道一分为二。

我琢磨着他为啥不带个朋友来，以防万一也好呀。他有很多能打也愿意为他打仗的朋友。我想他认为这是自己的事，想独自解决吧。

胡思乱想中，时间飞逝而过。

嘈杂的说话声从街道深处传了过来。慢慢地，斜斜的影子变成了三个人，从我身边经过。鲁本挺了挺腰，根本没注意到我也在那儿。

他们离我越来越近了，怕被发现的紧张把我击垮了。

就是这样了。

深呼吸

我呼出去的全是烟。它慢慢地飘到地上，停留一会儿，渐渐地被空气吞噬。我站在暗处永久的阴影里。

我的眼睛好像都在发光。我倔强、愤怒的头发根根向上，像在摘星星。思绪啃食着我。我的生活折磨着我，我准备——

走出阴影。

让地上的影子消失，把空气中的黑暗一扫而光。

我看看手，看看脚。

深呼吸。

深深地呼吸。

我郑重地对自己点点头。

迈出一步。

面对危险。

不远处，还有一场战斗，一场最后的战斗。

此地，空气中弥漫着一股味道。它难闻但却珍贵；野蛮但却真实。

当我走出来面对它时，我知道——

这个味道就是兄弟情谊。

18

沃尔夫家族的血

鲜血从他的体内不断地渗出，沾到我的身上，然后一滴滴地滴在人行道上。这是鲁本的血。

这是我的血。

沃尔夫家族的血。

我原以为会听到打斗的声音——恶语相向，或是打斗中左勾拳划过时的风声，但我却什么也没听见。

三个人影逐渐消失在巷子深处。鲁本一个人孤零零地待在栅栏那儿，身体向后倾斜着，晃来晃去的身体时不时地碰着铁丝。

他迟到了。我看得出他在想什么。他看了看手腕，即使他从来不戴手表。

八点半的时候，我决定离开。拖着脚起身时，鲁本抬头看到了我，或者只是我的一个侧影。

"嘿！卡姆隆？"说话间，他朝我走了过来。我停住了。"你在这儿干什么？"

我在口袋里摆弄着手指。"我不知道。"

在那盏能照亮整条街道的路灯下，我们碰面了。那是唯一的一盏灯。

"他迟到了。"哥哥嘟囔着。

过了很久，我才应声："也许，我们该谈谈？"

"什么？"

"你听见了。"

鲁本环顾四周，整条街道依旧空荡荡的。他回过头，"谈什么？"

"你、我、薇儿、厨房，还有打架——就从打架谈起吧！"我语速急促。

"卡姆隆，有关那晚，我不想再谈。"

"说得好！"拖着双脚，我打算离开，"如果哪天我们平等了，请你告诉我。"

沿街走了很远，我听见他喊我。

"卡梅隆！"

我转过身。"什么事？"

"回来。"

走回哥哥身边，我不禁说出了自己的感受，毫无保留地。

街灯亮得发白，我的话像拳头一样，毫不犹豫地一下下打在哥哥身上。"为什么你要这样？鲁本！告诉我！为什么要毁了我的第一次机会——那是我这辈子的第一次啊！"杀伤力十足的话语劈头盖脸地砸向他。

他急着应道："我不知道呀，行了吧！"

"不，你知道。"

灯光亮得更加刺眼，让人无所遁形。

"好吧！"他恼怒地承认了。他盯着地面，就好像上面有他考虑再三要说的话一样。"我，我就是……卡姆隆，我他妈的就是不想让你得到她！"

"就这样？"我被激怒了。

"为什么不想？"

"因为……"他来回踱着步，"卡姆隆，你一定会对她无与伦比的好。那么，以后她看见我，一定会把我们作比较，然后把我当成混蛋，是吧？"话毕，哥哥的眼睛注视着我。"你觉得这样好吗？"

这句话一下子击中了我，我哑口无言。当我想再度开口时，哥哥紧接着道："我怎么知道她竟这么快就放弃了！我不知道啊！卡姆隆！你以为我没有因此愧疚过吗？我当然有！"

我们对峙着。我到底该恨他还是可怜他？

僵持中，我认为我应该打破这尴尬的沉默。

一切都在改变，在这个幽静的小巷里，没有别人，只有我们俩在彼此对视。

"鲁本，你一直是这样的人，总能够讨女孩的欢心。"我面无表情地看着他，"但是没有哪个女孩能真正得到你。她们只看到你英俊的外表，迷恋你的爱抚，欣赏你独特的魅力，但是，没有一个能真正走进你的内心。你太忙了，忙着不断地得到女孩，然后再给出你的……"

接着，又是一片让人窒息的沉默。我想，我该走了。

鲁本一直站在离我几步远的地方，他被我的话惊呆了。或者说，他一直以来想面对又不敢面对的事实让他惊呆了。

转身前，我最后说道："鲁本，你不仅仅是我的哥哥——更是我最好的朋友。"

他连连点头，泪如泉涌。

"一会儿见。"

"嗯，"哥哥小声地回应道。"一会儿见。"

我独自离开，谈不上胜利也谈不上成功。只是很高兴把该做的事都做完了。

走到街头，我最后一次回头喊道："你回家吗？"

鲁本摇摇头。"不，我想再等一会儿。"

听到这话，我转身走回到现实世界。老火车站的那个属于我和鲁本的世界似乎有了独立的存在空间，渐渐离我远去。我边走边想，此时的鲁本应该倚着栅栏在等待。冬日的午夜里，他一定翘起来一只脚踹着电线，嘴里不断地呼着哈气。

回到家后我什么也不想做。拿着一本教科书，却怎么也看不进去，只是不断地回想着刚才的对话。

夜更深了，我下定决心要等鲁本回来。我在沙发上打了几次盹，每个人在睡觉之前都会叫醒我，让我去床上睡。我想要一直恨他，但随着时间一分一秒地流逝，无论我多想恨他，心里却越来越坚定地要等他回来，看着他从正门走进来。别问我原因，我就是想看到那一幕。

我想看到他的脸。

没有伤痕。

没有淤伤。

我希望他走过来，想听见他叫我起来去睡觉。

但是，那晚，我的哥哥鲁本根本没回来。

午夜过后，我突然惊醒。黄色的灯光透过门廊，很刺眼。

心里忽然被一个想法钝钝地击了两下。

鲁本。

鲁本。

当我从沙发上爬起来，慢慢地走向我和哥哥的房间时，脑海里全是他的名字。我强烈地渴望能看见他四仰八叉地躺在床上。

走廊里一片漆黑。吱吱嘎嘎的地板暴露了我的存在。我轻轻地推开门，看到眼前的屋子仍是空的。

我打开灯，感到不寒而栗。开始有点蒙，转念一想，我明白我必须立刻跑回到外面的夜幕中。

我在门廊悄悄地把鞋穿上，套上夹克，朝厨房走去。从前门望去，天穹中，皎洁的月亮闪烁着清冷的光辉，我置身于一条充满了不确定性的寒冷的街道中。

一种不好的预感袭上心头，不断蔓延。

心脏似乎随时都会从嗓子里跳出来。

我快速赶到老火车站时，这种预感已经延至全身。时不时会有醉汉把我挤到路边，然后又有开着远照灯的汽车朝着我的方向加速驶来，嗖的一声开过，转眼便消失得无影无踪。

手在夹克口袋里已满是冷汗，厚棉鞋里的脚也是冰凉的。

"嘿，小子。"一个声音冲我喊道。我赶紧避开，推开刚才喊我的那个人，跑了起来。前面就是通往老火车站的街道了。

跑到那儿，我感觉自己的心都要炸开了，把我撕得四分五裂。

这条街。

是空的。

除了天际挥洒出的可以照到城市每个角落的月光以外，整条街又空荡又黑暗。我从中嗅出了一丝恐惧。

现在，我已经感受到它了。

它的味道就像我口中的鲜血，我能感觉到它在我的体内流淌，在我发现他的那个瞬间，恐惧几乎把我撕裂。

一个蜷曲的人影靠着栅栏坐着。直觉告诉我，那不该是鲁本，鲁本才不会这样。

我叫着他的名字，声音小得连我自己都听不见。我的耳朵似乎遭受了剧烈的重击，隔绝了外界的一切声响。

越是靠近人影，我越能确定，这就是他——我的哥哥，他瘫在栅栏那儿，手指紧紧扣着栅栏，血顺着他的外衣、旧足球衫和牛仔裤流到地上。脸上，是我从来没有看过的神情，我知道，因为那也是我此时此刻的感受——恐惧。

就是恐惧。直至今日，鲁本·沃尔夫从未怕过任何人、任何事，而现在，他孤零零地坐在城市的这个角落。我知道这不可能是一个人干的。我猜想他们把他抢倒，轮流猛打他。看见我，他的脸上挤出一丝笑容，就像打破这一片寂静的一缕微风。他茫然地说："嗨，卡姆隆，谢谢你能来。"

耳边的重击声消失，我赶紧蹲下查看他的情形。看着水泥地上那条被血蹭过的痕迹，我立刻想到他是如何强拖着身子爬到现在的位置的。看得出，他大概爬了两码远就爬不动了。之前，我从未见到鲁本·沃尔夫被击败过。

"这下好了，"他颤声说道，"我想他们一定把我打得很惨，哈！你一定很高兴……"

我没理会他的话，我就想着怎么把全身打颤的他弄回家。

"你能起来吗？"

他又笑了笑。"当然。"

尽管笑容还挂在嘴边，可当他颤颤巍巍地想站起来的时候，却又瘫软在地。我抱着他想帮他站起来，他却从我的怀里滑了下去，脸朝下倒在了地上。

漆黑的天空看起来无比地冷漠，整个城市让我感到窒息般的压抑。

鲁本·沃尔夫趴在地上，我——他的弟弟无助而害怕地站在一边。

"你得帮帮我，卡姆隆，我动不了了。"他恳求我，"实在动不了了。"

我把他翻过来，查看了他全身的伤口。他流的血没有我当时想象的那么多，在夜幕的天空下，他血腥的脸看起来很可怕，但还好，他是真实地存在着的。

我把他拖回栅栏处，架起来。但是，他差点又滑了下去。当我们开始往回走的时候，我意识到，这样子的他是不可能走回家的。

"对不起，卡姆隆，"他低语着，"对不起。"

"无论如何，我们都能回家的！对吧！"

"不，"他整个的重量压在我身上，"不止是今晚，还有过去的一切，我都感到很抱歉！"他的话瞬间把我吞没。

"好的！"我说，"我们还和以前一样！"

这句谅解的话好像让他解脱了，他像力气被抽走了似地摔在地上。也许，这句话像是最温柔的一拳彻底击败了他。"我们还和以前一样，是啊！"我没想到，一个人在这种状态下还可以高兴成这样。

我们才从栅栏处移动了大概五码远！

哥哥躺在地上的时候，我也坐在地上休息了一会儿。

乌云遮蔽了月亮，我把哥哥抱在怀里，走进了寂寥的街道。

回家的路上鲁本不省人事，我的胳膊也酸痛不止，但我却不能休息，我不能把他丢下，我要马上回家。

路人看着我们。

鲁本卷曲的头发垂向地面。

鲜血从他的体内不断地渗出，沾到我的身上，然后一滴滴地滴在人行道上。这是鲁本的血。

这是我的血。

沃尔夫家族的血。

我的心很痛，但我一直走着。我不得不这样。我知道，一旦停下来，再抱着他走会更艰难。

"他没事吧？"一个刚参加完聚会的年轻人问我。

我一边走，一边用仅剩的力气微微点头。

我想，只有把鲁本放在他的床上，我才可以停下。我会俯视着他，若他从梦中惊醒，我可以安抚他，陪他度过这一夜。

离我们家还有最后一个转弯了，我用尽了最后的力气又抱紧了他。

他呻吟着。

"加油，鲁本。马上就到了。"真不知道我当时哪来的那么大力气，竟走了那么远。他是我的哥哥。是的，他是我的哥哥，我绝不能丢弃哥哥。

到了门口，我用鲁本的脚拨开门闩，走上门廊的台阶。

"到门口了！"我说道，声音大得有点出乎我的意料。把他放在门廊上，我打开纱门，用钥匙开门后，我回头看着我的哥哥。我的哥哥鲁本，想到这里，我的眼圈红了。

当我走向他，想再度把他抱起时，我的胳膊抽痛，脊骨好像断了似地。抱起他的同时，我们俩几乎一起摔到了墙边。回房的途中，我好不容易把他的膝盖塞进门槛。等我们进了房间，莎拉正站在门口，睡眼蒙眬地看着我们。紧接着，变得满脸惊恐。

"这是怎么了？"

"小声点，过来帮忙。"

她把床罩撤了下来，我把鲁本平躺放好，褪下他的外衣和运动套衫，在脱裤子和鞋子时，我感觉自己的胳膊就像着了火。

他伤得很重，全身多处伤口在流血。几根肋骨处也有点红肿，一只眼睛被打紫了，膝关节和肘关节也在流血。平时，这些部位都很强壮灵活，然而现在已经伤得不行了。

我们就那么站着，莎拉看看鲁本，又看看我。当注意到我外衣上全是他的血时，她啜泣了起来。

屋里没有开灯，走廊的灯亮着。

我们知道有人来了，我想应该是沃尔夫太太。我都不用看，就能想象她脸上那种焦急的表情。

"他没事的。"我想劝走她，可是她根本就不走。她一步步走近，我身边的鲁本发出了痛苦的声音。

他从毯子下伸出手抓住了我的手，艰难地说道："谢谢！谢了，弟弟！"

微弱的灯光透过窗户照在我的脸上。我的心在哀号！

我看到了

　　我看见自己站在人来人往的街道上，人潮洪水般地向我涌来。不管怎样，我试图让自己保持冷静，可是不久我便发现，所有的人都眼神麻木，面无表情。

　　我在人群中穿行。逆着人流，透过人群中的缝隙，发现有些脸竟有着轮廓。

　　某处，我看见莎拉在寻找着自己的路。在另一处，我看见爸爸和沃尔夫太太手拉着手在一起。

　　走了好久我看见了薇儿。

　　因为我们都朝着一个方向，我无法看清她的脸。透过人群，只能看见她的头发、脖子，还有肩膀。

　　一如从前，一看到她，我本能地追上前。但下一刻，我却停了下来。我停住脚步，向右看去，看到了自己。尽管周边没有镜子和玻璃，只有一堵水泥墙，我就是能清楚地看见我自己。

　　我看到了自己的眼睛。

　　它们充满了欲望和渴望。

　　它们告诉我：

　　不要动——还不是时候。

　　它们问我：

你还好吗，卡梅隆？

我认真地想了想，开始重新审视自己。稚嫩的胳膊、脏兮兮的手指、一张充满欲望的脸。我看到欲望和渴望在我体内生根、发芽、茁壮成长。我下定决心，要靠自己的力量成为一个了不起的人，一个有价值的人。

我点头赞同。

我可以继续前行，此时此刻，无论现实多么脆弱、不堪一击，我都可以勇敢地去面对。

好笑的是，"可以"并不是一个真实的词，字典里也找不到。

它在我的心里。

19

一切在复苏

　　当我们终于站起来，开始正视眼前的世界时，有一种情感在我的体内升华。它在我的手上、我的膝盖里，上升，上升。

第二天早上，鲁本竟然起床和我们一起去工作。他全身有多处淤青，有的伤口似乎还渗着鲜血，但是他依旧和往常一样努力地干活。想来真没有几个人能像他一样，在遭受这昨天那样的暴打后，第二天还能正常起床，工作，一切如常。

这就是鲁本，这样的他，让我无话可说。

早上，他和爸爸的争执吵醒了所有人。但是吵完后，一切又恢复平静。沃尔夫太太询问，不，应该说是恳求鲁本晚上能不能待在家里。鲁本无力争辩，对此，他表示完全同意。随后我们鱼贯而出，坐车离开。在车里，我甚至能闻到从他伤口散发出的刺鼻的消毒水味道。

下午两、三点的时候，鲁本终于忍不住心中的团团迷雾，询问我前一天晚上事件的经过。

"究竟有多远，卡梅隆？"他突兀地问道，然后安静地等着我的回答。

我愣了一下，停下手中的活。"什么有多远？"

"你知道，"他看着我道，"昨晚你抱着我走了多远？"

"挺远的。"

"一直抱着？"

我看着他，点点头："嗯。"

"真对不起。"他接着说，尽管我们都知道，这样的道歉本没有必要。

"忘了吧！"我说，继续着我手边的工作。

下午的时光转瞬即逝。我总是不自觉地把目光投向鲁本忙碌的身影，想确定他的身体真的没事。心里想，他就是那种人，只要他活着，他一定会好好的。

"你在看什么？"被我盯得莫名其妙，鲁本纳闷地问。

"哦，没什么。"我本能地回应着。我们相视着哈哈大笑起来，我笑得格外夸张。

我暗下决心，下次再盯着别人的时候，绝对要小心，以免被对方察觉。我并不认为一直盯着一个人看是一个坏习惯，而我需要改进的只是容易被人发现的拙劣技巧。

回到家后，我和鲁本房间的桌子上摆着一份礼物——一台灰色的老式黑键打字机。

我停在离桌子几步远的地方上下打量着它。

"你喜欢吗？"身后传来一个轻柔的声音，"在二手店里看到它，就买了。"她笑着从后侧轻轻碰了一下我胳膊，"现在，它属于你了，卡梅隆。"

我走向它，抚摸着。我的手指在键上滑落，我感觉着它的存在。

"谢谢，"我转过身看着她，"谢谢，莎拉，它棒极了！"

后来，莎拉和史蒂夫在电话里聊了一会儿。半决赛明天就要开赛了，大家一致决定去给他加油。

令我意外的是，当晚史蒂夫竟然回家了。

当时，我正坐在门口，看着他停下车，走过来站在那里。

“嗨，卡梅隆。”

“嗨，史蒂夫。”

我们同时开口，互相看着。我还记得上次我们在这里讲话时的情景，然而今晚，他看起来却满是落寞和沧桑的味道。

“昨晚的事我知道了。”他说道，“莎拉在电话里都告诉我了。”

“你是回来看鲁本的？”我没等他回答便接着说，“他在房里躺着呢，应该还没睡。”我打开门，发现史蒂夫仍旧站在那里，一动也不动，似乎没有进门的意思。

“怎么了？”我感到奇怪。

他简洁但平静地说：“我不是来看鲁本的，我是来看你的。”他的眼中流露出一丝钦佩，“莎拉说，是你从老火车站把他扛回来的……”

“这没什么——”

“不，卡梅隆，这很了不起，无可否认。”

我仰视着他，他也低头看着我。高高壮壮的他真是一个大家伙。

“了不起！”

我附和道：“好吧！”

我们就这样站在门口，在一阵持续的寂静之后，相视一笑。

他进屋待了一会儿。当我进屋开始在打字机上写作时，他过来和我说了声再见，再无其他。

事实上，打字机令我感到恐惧，因为我希望自己可以用它敲打出完美的文章。所以，我目不转睛地盯着它，直到晚上十点。

很快吧！我暗想，文字很快就会喷涌而出吧……

日子不断地向前滚动，冬天即将结束。史蒂夫最终赢得了总决赛的冠军。我和鲁本也终于恢复了兄弟情谊，虽然有些东西已经改变，再回不到从前。鲁本康复得很快，依旧英俊潇洒。明显的变化就是，身上的伤疤让他看上去更加性感了。

在工作上，爸爸也不太需要我们了。某个周六的下午，我突然很想知道薇儿的近况。我依旧渴望得到她，白天黑夜，我无时无刻不在想着她。有时候，我甚至觉得我们已经在一起了，我希望她也有同感。终于，在冬日的最后一个周六，我又一次来到了港口，想确认她是否还在。我渴望看到她，不希望她继续躲着我。无论她是否还爱我，我都希望她能待在原地。这港口本就属于她，如果说，我让她失去了待在这里的机会，我一定会恨死自己！我在中心车站上了一辆火车，及时赶到了环形码头。

在站台上，我看见一群人围着一个吹口琴的女孩。我内心立刻充满了无限爱意。薇儿！薇儿！我低呼道。我走过去，远远地看着她，仿若听到了她口中飞出的阵阵音符。

"还有一次机会。"我暗自庆幸。

下午，我坐上了去勃朗特的公交车，想再去找一个贝壳，却没找到和上一次送给她的那样的。当然，我也没尽全力去找。我刚刚拾到的这一个有些许的破碎，但那通体的古铜色再配上它本身天然的暗暗纹络，相得益彰，看起来亦是精致夺目。

当晚，我告诉鲁本，第二天我要带着新拾到的贝壳去找薇儿。他没有反对，在我看来，他是高兴的，他也希望事情能够顺利。

"你不介意？"我问道。

他摇了摇头，"不，如果你不介意，我想陪你一起去。"

我们之间终于可以毫无芥蒂，没有敌意，我们甚至忘了薇儿和鲁本曾经是一对。现在想来，那好像是过去很久的事了。现在，我们都从新的起点开始，貌似薇儿从来就不曾和鲁本在一起过，我也不曾在某个夜晚把哥哥背回家。

"那，你介意吗？"他反问我。

"什么？"

"我能和你一起去吗？"

我认为这是个不错的提议，笑着应道："当然可以！"。

第二天，我们一起上了火车。在环形码头的站台上，我从口袋中拿出那个贝壳，朝目的地走去。

"好运！"鲁本说。他没有和我一起，说待在原地等我。

人们仍然聚在那里。女孩也在。

今天，我没有一丝的犹豫。

我穿过人群站在她面前，音乐戛然而止。我弯身蹲下，轻吻了贝壳，把它轻轻地放在夹克上面，后退，凝视着她，眼眶湿热。"我是卡梅隆·沃尔夫，"泪水烧灼了我的双眼，"我想你。"

话一出口，我和薇儿静静地站着，那一刻，周围早已安静无声。

"那是什么？"一个老女人开口问道。此时，我才注意到薇儿还带着我送她的贝壳项链。也许，还有希望吧……

我祈求地看着她的双眼，想要听见她的声音。希望她能说虽然已经有了一个贝壳，但是她仍愿意接受这个。我渴望看到她的笑容——整齐白皙的牙齿在唇间绽放。

然而，一切只是泡影。我们只是静静地站着。

"我在水边等你，"我说，"演奏之后，如果你愿意过来，我就在那里。如果……如果不想过来，也没事。"我退出人群。音乐再度响起，尴尬的寂静消失了。我蜷曲在水边，任缥缈的旋律飘进耳朵。我想着，无论她是否会来，我已经做了我该做的，我尽力了。

我彻底地忘了同行的鲁本。不过，过了一会儿，他已经站在我的身后了。

"卡梅隆？"

"嗨，鲁本。"

"进展顺利吗？"

"也许，还行。"

鲁本一边掏兜，一边走向我，在我身边蹲下，和我一起盯着水面。我能感觉到他复杂的心情。目光定在水面上，他吞吞吐吐地说："我一会儿就走，离开前我想告诉你一件事……"他转过身来，看着我说。

"鲁本？"

港口的水上下起伏。

"嗯，"他说道，"你知道，我一直期望你能尊敬我。"他脸上的表情突然凝住了。

我点头。

"但是现在我知道，"他继续说道，"现在我知道了。"

我认真地听着他的话，但却没有下文。我追问道："知道了什么？"

他凝视着我，声音有些颤抖："我从未轻视过你。"

他的话在我耳边萦绕，穿透肌肤，刺入骨髓，我会永远记得。而此时此刻，它就连在我和鲁本之间。

我们蹲在那儿，当我们终于站起来、开始正视眼前的世界时，有一种情感在我的体内升华。它在我的手上、我的膝盖里，上升，上升——我笑了。

我笑了！我知道那是欲望，因为我最了解这种情感。

欲望。

渴望。

后来，我们慢慢地继续前行，我感受到了它的美丽。我能品味它，就像那些我从未说过的话一样。

文字的力量

我坐在水边，思绪在脑海里千回百转。

家里，打字机在等着我。

身边，一个女孩安静地坐着，我很感激——我找到了她！虽然种种迹象表明，我最终没有得到这个女孩。

只要她愿意，我会一直跟随她。

······

河水静静地流淌，我想到词汇的力量、亲情的忠诚、女孩们的音乐、哥哥们的手，还有那因饥肠辘辘在午夜嚎叫的野狗。

可以记起的时刻太多太多。

有时，我想我们可能并不是真正的自己。这些瞬间的存在才是我们。

脆弱的时刻，强大的时刻，得到救赎的时刻，生命中的，每时、每刻。

我看到人们在城市里穿行，诧异自己到底去了哪里，生活中各种各样的时刻赋予了人们什么样的结果。如果他们和我一样，这些时刻定会阻碍他们前行，并把他们击倒在地。

有时，我觉得自己只是活着。

站在我所存在的空间的屋顶，伸开双臂，祈求命运的垂青。

那时，各种故事划过脑海，百味陈杂。这些故事一直与我同在。

对于女孩和我来说，今天的美好由过往无数的足迹构成。这些故事由渴望、欲望、想出人头地的奢望构成。

唯一的问题是，我不知道哪个故事是最先发生的。

也许，它们全部一起涌进了我的生活。

我想，我终究会知道。

等我想通了，我会告诉你。

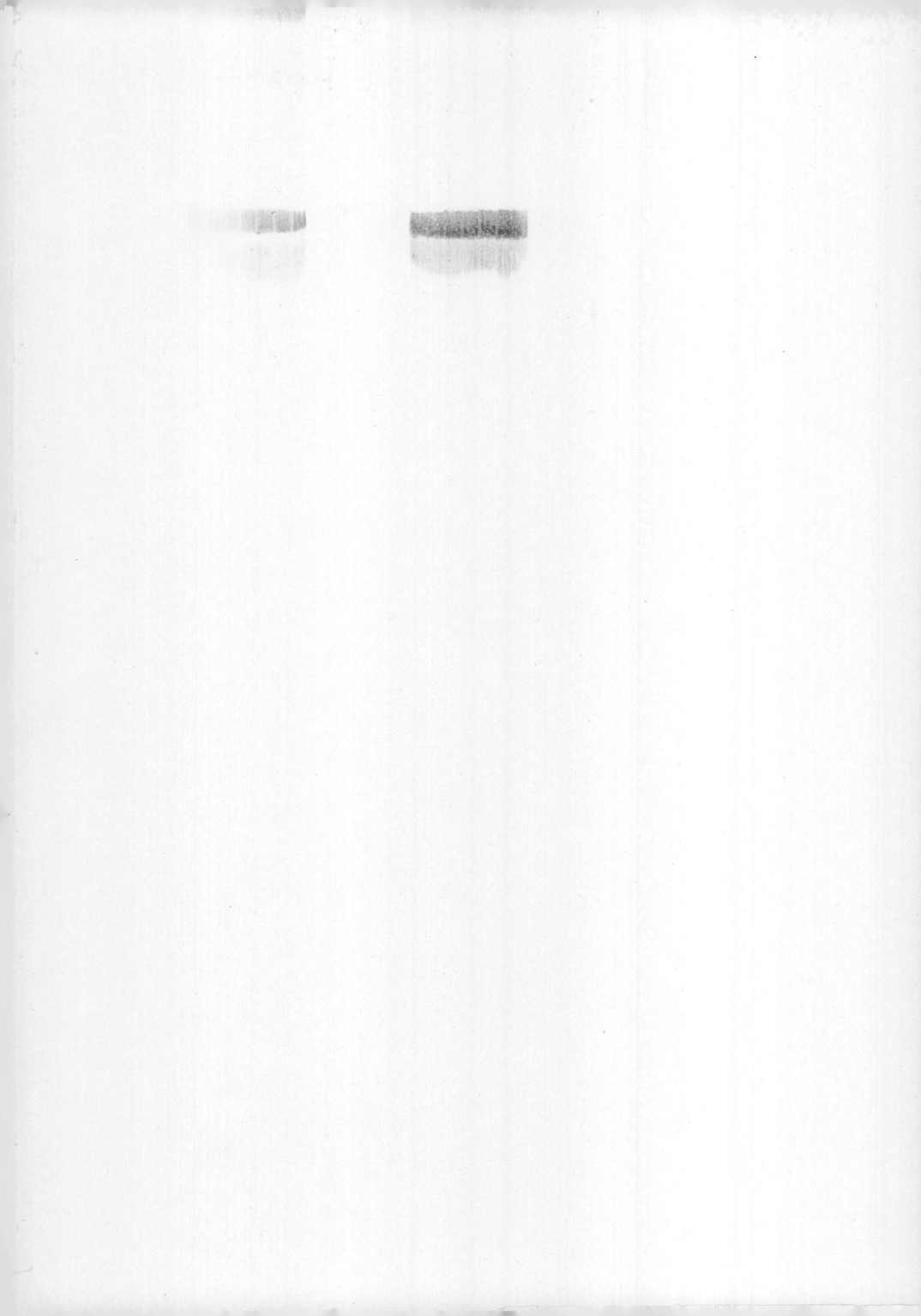

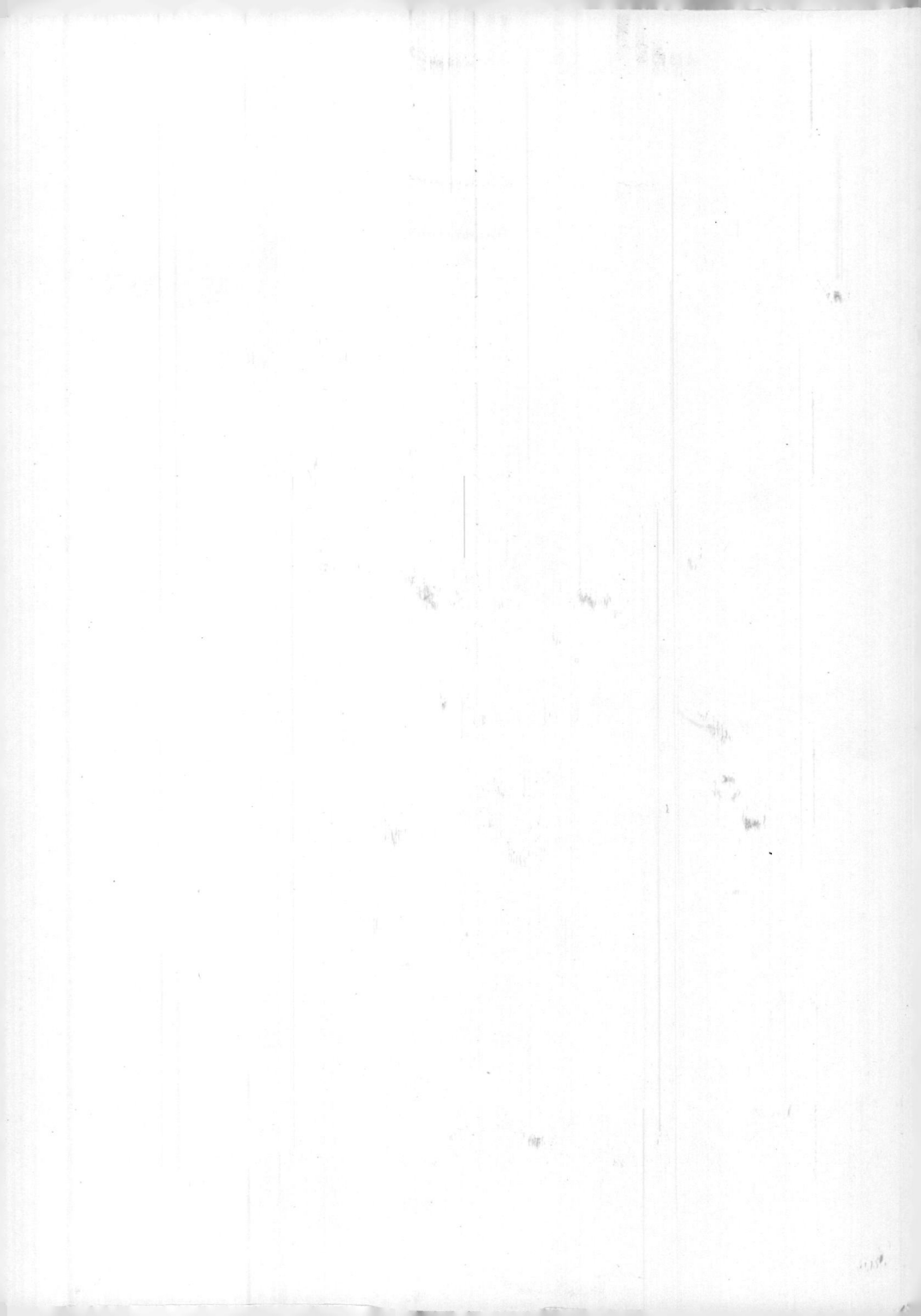